渡 航【wataru watari】
JN027380

Contents

やはり俺の青春ラブコメはまちがっている。

My youth romantic comedy is wrong as I expected.

登場人物【character】

比企谷八幡 ………… 主人公。高二。性格がひねくれている。
【ひきがや-はちまん】

雪ノ下雪乃 ………… 奉仕部部長。完璧美少女。でも性格が残念。
【ゆきのした-ゆきの】

由比ヶ浜結衣 ……… 八幡のクラスメイト。周りの顔色を伺いがち。
【ゆいがはま-ゆい】

材木座義輝 ………… オタク。八幡のことを仲間だと思っている。
【ざいもくざ-よしてる】

戸塚彩加 …………… テニス部。とても可愛い。がしかし……。
【とつか-さいか】

平塚静 ……………… 国語教師。生活指導担当。
【ひらつか-しずか】

design:numata rina

やはり俺の
青春ラブコメ
はまちがって

レポート提出用紙

「高校生活を振り返って」

2年F組 比企谷八幡

青春とは嘘であり、悪である。
青春を謳歌せし者たちは常に自己と周囲を欺く。
自らを取り巻く環境のすべてを肯定的に捉える。
何か致命的な失敗をしても、それすら青春の証とし、
思い出の1ページに刻むのだ。
例を挙げよう。彼らは万引きや集団暴走という犯罪行為に
手を染めてはそれを「若気の至り」と呼ぶ。
試験で赤点を取れば、学校は勉強をするためだけの
場所ではないと言い出す。
彼らは青春の二文字の前ならばどんな一般的な解釈も
社会通念も捻じ曲げて見せる。彼らにかかれば嘘も秘密も、
罪科も失敗さえも青春のスパイスでしかないのだ。
そして彼らはその悪に、その失敗に特別性を見出だす。
自分たちの失敗は遍く青春の一部分であるが、他者の失敗は
青春でなくただの失敗にして敗北であると断じるのだ。
仮に失敗することが青春の証であるのなら、友達作りに
失敗した人間もまた青春ど真ん中でなければおかしい
ではないか。しかし、彼らはそれを認めないだろう。
なんのことはない。すべて彼らのご都合主義でしかない
なら、それは欺瞞だろう。嘘も欺瞞も秘密も詐術も
糾弾されるべきものだ。
彼らは悪だ。
ということは、逆説的に青春を謳歌していない者の
ほうが正しく真の正義である。
結論を言おう。

リア充爆発しろ。

1 とにかく比企谷八幡はくさっている。

国語教師の平塚静は額に青筋を立てながら、俺の作文を大声で読み上げた。

　こうして聞いていると、自分の文章力がまだまだだということに気づかされる。小難しい単語を並べれば頭が良さそうに見えるんじゃないかという、どこぞの売れない作家が考えそうなこすっからい思考が見透かされる気分だ。

　さては、この未熟な文章について呼び出されたのか。

　もちろん違うよね。知ってました。

　平塚先生は読み終わると額に手を当てて深々とため息をついた。

「なぁ、比企谷。私が授業で出した課題は何だったかな？」

「……はぁ、『高校生活を振り返って』というテーマの作文でしたが」

「そうだな。それでなぜ君は犯行声明を書き上げてるんだ？　テロリストなのか？　それともバカなのか？」

　平塚先生はため息をつくと悩ましげに髪を掻き上げた。

　そういえば、女教師という漢字はジョキョウシよりも、オンナキョウシとルビったほうがエ口さが増すように思う。

　そんなことを考えていると、紙束で頭をはたかれた。

「真面目に聞け」

「はぁ」

「君の目はあれだな、腐った魚の目のようだな」

「そんなにDHA豊富そうに見えますか。賢そうっすね」

　ひくっと平塚先生の口角が吊り上がった。

「比企谷。この舐めた作文は何だ？　一応言い訳くらいは聞いてやる」

　先生がギロリと音がするほどにこっちを睨み付けてきた。なまじ美人なだけにこういう視線は異様なまでに目力が込められていて圧倒されてしまう。っつーかマジ怖ぇ。

「ひ、ひや、俺はちゃんと高校生活を振り返ってますよ？　近ごろの高校生はらいたいこんな感じじゃないでしゅか！　だいたい合ってますよ！」

　噛みまくりだった。人と話すだけでも緊張するのに、それが年上の女性とくればなおさらだ。

「普通こういうときは自分の生活を省みるものだろう」

「だったらそう前置きしておいてください。そしたらその通り書きますよ。これは先生の出題ミスであってですね」

「小僧、屁理屈を言うな」

「小僧って……。いや確かに先生の年齢からしたら俺は小僧ですけど」

風が吹いた。

グーだ。ノーモーションで繰り出されるグー。これでもかというくらいに見事な握り拳が俺の頬(ほお)を掠(かす)めていった。

「次は当てるぞ」

目がマジだった。

「すいませんでした。書き直します」

謝罪と反省の意を表わすのに最適化された言葉を選択。

だが、平塚(ひらつか)先生には満足いただけなかったご様子。いかん、もはや土下座しかないのか。俺はズボンの皺(しわ)を払うようにしてぴしっと直すと、右足を折り、床へつけようとする。美しく淀(よど)みのない所作(しょさ)だった。

「私はな、怒っているわけじゃないんだ」

……あー、出た。出たよこれ。

面倒くせぇパターンだよ。「怒らないから言ってごらん?」と同じパターンだよ。そう言って怒らなかった人を今まで見たことがない。

だが、意外にも平塚先生は本当に怒っているわけではないようだった。少なくとも年齢の話以外では。俺は床につきかけていた右膝(みぎひざ)を戻しながら様子を窺(うかが)う。

平塚先生ははちきれそうな胸ポケットからセブンスターを取り出すと、フィルターをとんとんと机に叩きつける。おっさんくさい仕草だ。葉を詰め終わると、百円ライターでかちっと火をつける。ふぅっと煙を吐き出すと、至極真面目な顔でこちらを見据えた。

「君は部活やってなかったよな？」

「はい」

「……友達とかはいるか？」

俺に友達がいないこと前提で聞かれていた。

「ぴょ、平等を重んじるのが俺のモットーなので、特に親しい人間は作らないことにしてるんですよ、俺は！」

「つまり、いないということだな？」

「た、端的に言えば……」

俺がそう答えると、平塚先生はやる気に満ち溢れた顔になる。

「そうか！　やはりいないか！　私の見立て通りだな。君の腐った目を見ればそれくらいすぐにわかったぞ！」

目を見てわかっちゃったのかよ。なら、聞くなよ。

平塚先生は納得顔でうんうん言いながら、俺の顔を遠慮がちに見る。

「…………彼女とか、いるのか？」

とかってなんだよとかって。俺が彼氏いるって言ったらどうすんだよ。

「今は、いないですけど」

一応未来への希望を込めて「今」の部分にアクセントを置いた。

「そうか……」

先生は今度はどこか潤んだ瞳で俺を見つめる。タバコの煙が目に染みているのだと信じたい。おいやめろ。俺に生暖かくて優しい視線を向けんな。

それにしてもなんだよこの流れ。平塚先生は熱血教師なの？　そのうち腐ったミカンがどうの言い出すの？　ヤンキー母校に帰るの？　……マジで帰ってくんないかな。

平塚先生は何事か思案したのち、はふぅとため息交じりに煙を吐き出した。

「よし、こうしよう。レポートは書き直せ」

「はい」

ですよね。

よし、今度はごくごく適当に当たり障りのない文章を書こう。それこそグラビアアイドルや声優のブログくらい。『今日の晩ご飯はなんと……、カレーでしたっ！』みたいな。なんとってなんだよ何一つ意外じゃねぇよ。

ここまでは想定の範囲内。俺の想像を超えていたのはこの後だ。

「だが、君の心ない言葉や態度が私の心を傷つけたことは確かだ。女性に年齢の話をするなと教わらなかったのか？　なので、君には奉仕活動を命じる。罪には罰を与えないとな」

とても傷ついているとは思えないほどに威勢よく、むしろ普段より元気じゃねぇかってくらい平塚先生は嬉々としてそう言った。

思わず、そういえば嬉々としてと乳としては語感が似ているなぁ……と現実から目を背けてブラウスを押し上げる先生の胸元に目を向けてしまう。

けしからん……しかし人に罰を与えるのが嬉しいとかどんな性格だよ。

「奉仕活動って……何すればいいんですか？」

恐る恐る尋ねた。もうね、ドブさらいしろどころか人攫いしろとか言われかねない雰囲気。

「ついてきたまえ」

こんもりと盛られた灰皿にタバコを押し付けると平塚先生は立ち上がる。説明も前ふりもない急な提案に俺が止まっていると、扉の前で平塚先生がこちらを振り返った。

「おい、早くしろ」

きりりとした眉根に睨み付けられて俺は慌てて後を追った。

×　×　×

この千葉市立総武高校の校舎は少し歪な形をしている。

上空から見下ろせば、ちょうど漢字の口、カタカナのロによく似ている。その下にちょろりとAV棟の部分を付け足してあげれば我が校の俯瞰図が完成する。

道路側に教室棟、それと向かい合うように特別棟がある。それぞれは二階の渡り廊下で結ばれており、これが四角形を形成する。

校舎で四方を囲まれた空間がリア充どもの聖地・中庭だ。

彼らは昼休みにここで男女混合で昼食をとり、腹ごなしにバドミントンをする。放課後は暮れなずむ校舎をバックに愛を語らい、潮風を浴びて星を見る。

なめとんのか。

傍から見ていると青春ドラマの配役を頑張って演じているような、そんな薄ら寒さしか感じない。そこでの俺の役は「木」とかそんな感じだ。

平塚先生がリノリウムの床をかつかつ言わせながら向かうのはどうやら特別棟のようだ。

——嫌な予感がする。

そもそも奉仕活動というのがろくなもんじゃない。

奉仕なんて言葉は日常生活で出てきていいものではなく、より限定的な状況下でのみ使用が許されるものだと思う。例えばメイドさんがご主人様にご奉仕とか。そういうご奉仕ならウェルカムだし、レッツパーリーなわけだが、現実にそんなことはあるわけがない。いや、一定料金払えばできる。また、この金を払えばなんとかできてしまうあたり、夢も希望もあったもんじゃない。とにかく、奉仕なんてダメなものだ。

それに加えて特別棟と来たもんだ。音楽室のピアノの移動やら生物室の生ごみの片付けやら図書館の蔵書整理やらに決まっている。先に予防線を張っておこう。

「俺、腰に持病がありましてね……あの、ヘル、ヘル、ヘルペス？　あれなんですよ……」

「ヘルニアと言いたいんだろうが、その心配は無用だ。君に頼むのは力仕事ではない」

平塚（ひらつか）先生は馬鹿にしくさった表情で俺を見た。

ふむ。ということは、調べ物とかのデスクワークか。そうした単純作業はある意味で肉体労働よりもきつい。掘った穴を埋め、さらに同じところを掘るような拷問（ごうもん）にも似たものがある。

「俺、教室に入ると死んでしまう病が」

「どこのながっぱな狙撃手だ。麦わら海賊団か」

あんた少年マンガ読んでんのかよ。

まぁ、独りでこつこつやる作業は嫌いじゃない。心のスイッチを切って「俺は機械だ」と割り切れば何の問題もない。こうなったら最終的には機械の身体（からだ）を求めてネジになる勢いだ。

「着いたぞ」

先生が立ち止まったのは何の変哲もない教室。

プレートには何も書かれていない。

俺が不思議に思って眺めていると、先生はからりと戸を開けた。

その教室の端っこには机と椅子が無造作に積み上げられている。倉庫として使われているのだろうか。他の教室と違うのはそこだけで何も特殊な内装はない、いたって普通の教室。

けれど、そこがあまりにも異質に感じられたのは、一人の少女がそこにいたからだろう。

少女は斜陽の中で本を読んでいた。

世界が終わったあとも、きっと彼女はここでこうしているんじゃないか、そう錯覚させるほどに、この光景は絵画じみていた。

それを見たとき、俺は身体も精神も止まってしまった。

——不覚にも見惚れてしまった。

彼女は来訪者に気づくと、文庫本に栞を挟みこんで顔をあげた。

「平塚先生。入るときにはノックを、とお願いしていたはずですが」

端正な顔立ち。流れる黒髪。クラスの有象無象の女子たちと同じ制服を着ているはずなのに、まるで違って見えた。

「ノックしても君は返事をした試しがないじゃないか」

「返事をする間もなく、先生が入ってくるんですよ」

平塚先生の言葉に、彼女は不満げな視線を送る。

「それで、そのぬぼーっとした人は？」

ちろっと彼女の冷めた瞳が俺を捉えた。

俺はこの少女を知っている。

二年J組、雪ノ下雪乃。

無論、名前と顔を知っているだけで会話をしたことはない。仕方ないだろ、学校で人と会話をすること自体が稀なんだから。

総武高校には普通科9クラスの他に国際教養科というのが一クラスある。このクラスは普通科よりも二〜三、偏差値が高く、帰国子女や留学志望の連中が多い。

その派手、というか自然と注目を集めるクラスの中でひときわ異彩を放っているのが雪ノ下雪乃だ。

彼女は定期テストでも実力テストでも常に学年一位に鎮座する成績優秀者。

そして、もう一つ加えるならばその類い稀なる優れた容姿で常に注目を浴びている。

まぁ、要するに学校一と言ってもいいくらいの美少女で、誰もが知る有名人だ。

かたや俺は校内でも知る人すら知らない、まったく凡庸な一般生徒。

だから、彼女が俺のことを知らなくても、傷つく要素はどこにもない。でも、ぬぼーっという表現にはちょっぴり傷ついた。昔、そんな名前のお菓子があったけど最近見かけないなーと現実逃避するくらいには傷ついていた。

「彼は比企谷。入部希望者だ」

平塚先生に促されて、俺は会釈をする。たぶんこのまま自己紹介タイムに入る流れなんだろう。

「二年F組比企谷八幡です。えーっと、おい。入部ってなんだよ」

入部希望ってどこへだよ。ここ何部だよ。

俺の言葉の続きを察してくれたのか、平塚先生が口を開いた。

「君にはペナルティとしてここでの部活動を命じる。異論反論抗議質問口応えは認めない。しばらく頭を冷やせ。反省しろ」

俺に抗弁の余地を許さず、平塚先生は怒濤の勢いで判決を申し渡す。

「というわけで、見ればわかると思うが彼はなかなか根性が腐っている。そのせいでいつも孤独な憐れむべき奴だ」

やっぱり見ればわかるのかよ。

「人との付き合い方を学ばせてやれば少しはまともになるだろう。こいつをおいてやってくれるか。彼の捻くれた孤独体質の更生が私の依頼だ」

先生が雪ノ下に向き直って言うと、彼女は面倒くさそうに口を開いた。

「それなら、先生が殴るなり蹴るなりして躾ければいいと思いますが」

……怖い女ですね。

「私だってできることならそうしたいが最近は小うるさくてな。肉体への暴力は許されていないんだ」

……まるで精神への暴力なら許されているみたいな言い草だ。

「お断りします。そこの男の下心に満ちた下卑た目を見ていると身の危険を感じます」

雪ノ下は別に乱れてもいない襟元を掻き合わせるようにしてこっちを睨み付ける。そもそもお前の慎ましすぎる胸元なんか見てねぇよ。……いや、ほんとだよ？　ほんとほんと、マジで見てない。ちょっと視界に入って一瞬気を取られただけ。

「安心したまえ、雪ノ下。その男は目と性根が腐ってるだけあってリスクリターンの計算と自己保身に関してだけはなかなかのものだ。刑事罰に問われるような真似だけはけっしてしない。彼の小悪党ぶりは信用してくれていい」

「何一つ褒められてねぇ……。違うでしょう？　リスクリターンの計算とか自己保身とかじゃなくて、ただ常識的な判断ができるって言ってほしいんですが」

「小悪党……。なるほど……」

「聞いてない上に納得しちゃったしよ……」

平塚先生の説得が功を奏したのか、はたまた俺の小悪党ぶりが信用を勝ち得たのか、どちらにしても俺が一切望まない形で雪ノ下は結論を出す。

「まぁ、先生からの依頼であれば無碍にはできませんし……。承りました」

雪ノ下がほんっとうに嫌そうにそう言うと、先生は満足げに微笑む。

「そうか。なら、後のことは頼む」

とだけ言うと、先生はそのままさっさと帰ってしまう。

ぽつんと取り残される俺。

正直、独りぼっちで放置されたほうがよっぽど気が楽だ。いつもと同じ孤独という環境のほうが心が安らぐ。

カチカチカチと時計の秒針の音がやけにゆっくりやたら大きく聞こえてくる。

おいおい、マジかよ。いきなりのラブコメ展開？　すっごい緊張感が降りかかってきたよこれ。

シチュエーションとしては文句がない。ふと中学時代の甘酸っぱい思い出が蘇る。

放課後、二人きりの教室。

そよ風でカーテンが揺れ、傾いた日差しが降り注ぎ、そして勇気を出して告白した一人の少年。今でも克明に思い出すことができるあの子の声。

『友達じゃダメかなぁ？』

あーいや、これダメな思い出じゃん。しかも友達どころかそれ以降一度も話さなかったし。

おかげで友達って会話もしない仲のことかと思っちゃったからね俺。

まぁ、要するに俺に関しては、美少女と密室に二人っきりになろうがラブコメなんて現実には起きないのである。

高度に訓練された俺が今さらそんな罠に引っかかるわけがない。女子とはイケメン（笑）やリア充（笑）に興味を示すものであり、またそれらの連中と清くない男女交際をする輩である。

つまり俺の敵だ。

二度とあんな思いをしなくてすむようにこれまで俺は努力を続けてきた。ラブコメ展開に巻き込まれないためには嫌われてしまうのが一番早い。肉を切らせて骨を断つ。自らのプライドを守るためなら好感度など必要ないのだっ！

なので、俺は挨拶がわりに雪ノ下を睨み付けつつ威嚇しておくことにした。野生の獣は目で殺す！

がるるるるーっ。

すると、雪ノ下は汚物でも見るような目でこちらを一瞥する。大きな瞳を薄目にでもするように細くし、冷たい吐息を漏らす。そして、清流のせせらぎのような声で俺に言葉をかけた。

「……そんなところで気持ち悪い唸り声をあげてないで座ったら？」

「え、あ、はい。すいません」

……うわぁ、なに今の目。野生の獣？

確実に五人は殺してるだろ。松島〇モ子でもごりごり噛まれるレベル。思わず無意識のうちに謝っちゃったよ？

わざわざ俺が威嚇するまでもなく、雪ノ下はこっちを敵視していた。

心底ビビりつつ、俺は空いている椅子に腰かける。

それきり雪ノ下は俺に一切の関心を示さず、いつの間にか文庫本を開いていた。ぺらりとページを繰る音がする。

カバーのせいで何を読んでいるかはわからないが、何か文学的なものを読んでいるんだろう。サリンジャーとかヘミングウェイとかトルストイとか。イメージ的にはそんなところ。

雪ノ下はお嬢様然としていて、いかにも優等生らしく、かつ、どこまでいっても掛け値なしに美少女だった。

しかし、そうした人種の常として雪ノ下雪乃は人の輪から外れていた。その名の如く、雪の下の雪。どれほど美しかろうと、手に触れることも手に入れることもできず、ただその美しさを想うことしかできない存在。

正直、こんなわけのわからん経緯でお近づきになれるとは思わなかった。友達に自慢したら羨ましがられること請け合い。俺には自慢するような友達いないけどな。

で、俺はこの美少女サマとここで何をすればいいんだろうか。

「何か?」

あんまり見過ぎていたせいか、雪ノ下は不快気に眉根を寄せて、こちらを見返してくる。

「ああ、悪い。どうしたものかと思ってな」

「何が?」

「いや、だってわけわからん説明しかなくここへ連れてこられたもんだから」

俺がそう言うと、舌打ち代わりなのか、雪ノ下は不機嫌さを露わにぱたんっと勢いよく文庫本を閉じる。そして虫でも見るかのような目つきで俺を睨んだ後、諦めたように短いため息をついて言葉を発した。

「……そうね、ではゲームをしましょう」

「ゲーム?」

「そう。ここが何部か当てるゲーム。さて、ここは何部でしょう?」

美少女と密室でゲーム……。

もはやエロ要素しか感じられないのだが、雪ノ下の放つ雰囲気はそんな甘いものではなく、研ぎ澄まされた刃物みたいだった。負けたら人生終わるんじゃねーのってくらい鋭い。ラブコメ空気どこ行ったんだよ。これじゃ賭博黙示録じゃねぇかよ。

俺はその迫力に負けて冷や汗を掻きつつ、教室の中を見渡し、手掛かりを探す。

「他に部員っていないのか?」

「いないわ」

それって部として存続できるのだろうか。かなり疑問だ。

はっきり言ってノーヒント。

——いや、待て。逆にいえばヒントしかない。

自慢じゃないが小さいころから友達が少なかった俺は、一人でできるゲームはめちゃくちゃ

得意だ。ゲームブックやなぞなぞの類いはかなり自信がある。高校生クイズでだって勝てると思う。まぁ他のメンバーを集めることができないから出場できないけどな。

ここまででわかっていることはいくつかある。それをもとに組み立てれば答えは自ずと出てくるはずだ。

「文芸部か」

「へぇ…。その心は？」

雪ノ下はいくらか興味深げに問い返してくる。

「特殊な環境、特別な機器を必要とせず、人数がいなくても廃部にならない。つまり、部費なんて必要としない部活だ。加えて、あんた本を読んでいた。答えは最初から示されてたのさ」

我ながら完璧な推理。「あれれーおかしいよー？」とか言いながらヒントを出してくるメガネの小学生がいなくてもこれくらいは朝飯前だ。

さすがの雪乃嬢も感心したと見え、ふむと小さく息をつく。

「はずれ」

そのあとで雪ノ下はフッとすっごい馬鹿にした感じで笑った。……ほおう、ちょっとイラッとしちゃったゾ☆　誰だよ品行方正で完璧超人とか言ってた奴。悪魔超人だろこれ。

「それじゃ何部なんだよ？」

俺の声には苛立ちが混じっていた。だが、雪ノ下は気にするそぶりもなく、ゲーム続行を告げる。

「では、最大のヒント。私がここでこうしていることが活動内容よ」

やっと出されたヒント。だが、それは何一つ答えに結びつかない。結局、最初と同じ文芸部という解答が導き出されてしまう。

いや待て。待て待て落ち着け。クールだ。クールになれ比企谷八幡。

彼女は「私以外部員はいない」と言った。

なのに、部は存続している。

つまり、幽霊部員がいるってことだろう？　そんでもって、幽霊部員が本当の幽霊でしたってオチだ。最終的にはその幽霊美少女と俺のラブコメに発展する予定。

「オカルト研究会っ！」

「部って言ったんだけど」

「オ、オカルト研究部！」

「はずれ。……はっ、幽霊だなんて馬鹿馬鹿しい。そんなのいないわ」

ほ、ほんとに幽霊なんていないんだからねっ！　べ、別に怖いからそう言ってるんじゃないんだからっ！　などと彼女が可愛さを発揮する様子は欠片もなく、心底俺を蔑んだ目で見てくる。バカは死ねという目をしていた。

「降参だ。さっぱりわからん」

こんなんわかるかよ。もっと簡単なのにしろよ。「家が大火事、涙が洪水、なぁんだ？」とかよ。それただの火事じゃねぇか。しかもクイズじゃなくてなぞなぞだし。

「比企谷くん。女子と話したのは何年ぶり？」

唐突に何の脈絡もなく、俺の経絡を破壊するような質問をしてきやがった。

本当に失礼な奴だ。

俺は記憶力にはかなり自信がある。誰もが忘れているような些細な会話の内容まで覚えていて、クラスの女子からストーカー扱いされたことがあるくらいだ。

俺の優秀なる海馬によれば、俺が最後に女子と会話をしたのは二年前の六月。

女子『ちょっと、マジ暑くない？』

俺『むしろ、蒸し暑いよね』

女子『え？　……あ、ああ、うん、まぁ』

了。

みたいな。まぁ、その子は俺じゃなくて斜め後ろの女子に話しかけてたんだけどね。

人間、嫌なことほどよく覚えているものだ。今でも夜中に思い出すたび、布団ひっかぶって「うわあぁぁぁー」ってしたくなる。

バッドトリップしていると、雪ノ下は高らかに宣言した。

「持つ者が持たざる者に慈悲の心をもってこれを与える。人はそれをボランティアと呼ぶの。途上国にはＯＤＡを、ホームレスには炊き出しを、モテない男子には女子との会話を。困っている人に救いの手を差し伸べる。それがこの部の活動よ」

いつの間にやら雪ノ下は立ち上がり、自然、視線は俺を見下ろす形になっていた。

「ようこそ、奉仕部へ。歓迎するわ」

とても歓迎されているようには聞こえないことを面と向かって言われて、俺はちょっと涙目になった。

思いっきりへこまされたところへ追い討ちがかかる。

「平塚先生曰く、優れた人間は憐れな者を救う義務がある、のだそうよ。頼まれた以上、責任は果たすわ。あなたの問題を矯正してあげる。感謝なさい」

ノブレス・オブリージュ、というやつが言いたいのかな。日本語だと、貴族の務めとかそんな感じだ。

腕を組んだ雪ノ下の姿はまさに貴族。実際、雪ノ下の成績やら容姿やらを考えればその貴族という表現は大げさなものではあるまい。

「こんのアマ……」

だが、ここはちょっと言ってやらねばなるまい。俺が憐れむべき対象などではないことを、言葉の限りを尽くして説明してやらねばなるまい。

「……俺はな、自分で言うのもなんだが、そこそこ優秀なんだぞ？　実力テスト文系コース国語学年三位！　顔だっていいほうだ！　友達がいないことと彼女がいないことを除けば基本高スペックなんだ！」

「最後に致命的な欠陥が聞こえたのだけれど……。そんなことを自信満々に言えるなんてある意味すごいわね……。変な人。もはや気持ち悪いわ」

「うるせ、お前に言われたくねぇよ。変な女」

本当に変な女だ。少なくとも俺が伝え聞いた、というか誰かと話した記憶がないから勝手に耳に入ってきた雪ノ下雪乃という女子のイメージとはかけ離れている。

そりゃまあクールな美人だとは思う。

それが今やコールドな微笑みを浮かべていた。難しい言葉を使うと嗜虐的な笑顔というやつだ。

「ふうん。私が見たところによると、どうやらあなたが独りぼっちなのってその腐った根性や捻くれた感性が原因みたいね」

雪ノ下はぐっと握り拳に力を込めて熱弁を振るう。

「まずは居た堪れない立場のあなたに居場所を作ってあげましょう。知ってる？　居場所があるだけで、星となって燃え尽きるような悲惨な最期を迎えずに済むのよ」

「『よだかの星』かよ。マニアックすぎんだろ」

文系クラス国語三位の秀才にして教養のある俺じゃなかったらわからない話だよ今の。それに、好きな物語だからよく覚えてる。あれ悲しすぎてほんと涙出る。誰からも好かれないところとか。

俺の反駁に雪ノ下は驚いたように目を見開いた。

「……意外だわ。宮沢賢治なんて普通以下の男子高校生が読むとは思わなかった」

「今、さらりと劣等扱いしたな？」

「ごめんなさい。言い過ぎたわ。普通未満というのが正しいのよね」

「良く言い過ぎたという意味か!?　学年三位って聞こえなかったのかよ……」

「三位風情でいい気になっている時点で程度が低いわね。だいたい一科目の試験の点数ごときで、頭脳の明晰さを立証しようという考えがもう低能ね」

……こいつ失礼にもほどがあるだろう。初対面の男子を劣等種扱いするなんて、俺にはサイヤ人の王子くらいしか心当たりがない。

「でも、『よだかの星』はあなたにとってもお似合いよね。よだかの容姿とか」

「それは俺の顔面が不自由だと言っているのか……」

「そんなこと言えないわ。真実は時に人を傷つけるから……」

「ほぼ言ってるじゃねぇか……」

すると、雪ノ下（ゆきのした）は深刻な顔をして俺の肩をぽんと叩（たた）いた。

「真実から目を背（そむ）けてはいけないわ。現実を、そして鏡を見て」

「いやいやいや、自分で言うのもなんだが、顔だち自体は整ってる。妹からも『お兄ちゃんずっと喋（しゃべ）らなければいいのに……』と言われるほどだ。むしろ顔だけがいいと言ってもいい」

さすがは俺の妹である。見る目がある。それにひきかえ、この学校の女子とかほんと見る目ないな！

雪ノ下は頭痛でもするのかこめかみに手を当てていた。

「あなた、馬鹿なの？　美的感覚なんて主観でしかないのよ？　つまり、あなたと私の二人しかいないこの場では私の言うことだけが正しいのよ？」

「め、滅茶苦茶な理論なのになぜか筋が通ってる気がする……」

「そもそも、造作はともかく、あなたのように腐った魚のような目をしていれば必然、印象は悪くなるわ。目鼻立ちなどのパーツうんぬんではなく、あなたは表情が醜（みにく）い。心根が相当歪（ゆが）んでいる証拠ね」

そう言う雪ノ下こそ顔は可愛（かわい）いが中身がもう相当アレだ。目つきなんか完全に犯罪者だ。俺もこいつも「可愛げがない」というやつなんだろう。

……それにしても俺の目ってそんなに魚類っぽいかな。

俺が女子なら「え？　私ってそんなにリトルマーメイド？」とプラスに解釈するところだよ？

と現実逃避していると、雪ノ下は肩にかかった髪を払いながら勝ち誇ったように言った。

「だいたい成績だの顔だの表層的な部分に自信を持っているところが気に入らないわ。あと、腐った目も」

「もう目のことはいいだろ！」

「そうね、今さら言ってもどうしようもないものね」

「そろそろ俺の両親に謝れよ」

ひくりと自分の顔が引きつるのがわかった。雪ノ下もさすがに反省したのかしゅんとした顔つきになる。

「確かに、ひどいことを言ってしまったわ。つらいのはきっとご両親でしょうに」

「もういい、俺が悪かった。いや、俺の顔が悪かった」

ほとんど瞳を潤ませながら俺が懇願すると雪ノ下はようやくその舌刀を納める。

もはや何を言っても無駄だと悟った。俺が菩提樹の根元で座禅を組んで解脱するイメージにふけっていると、雪ノ下は会話を続行する。

「さて、これで人との会話シミュレーションは完了ね。私のような女の子と会話ができたら、たいていの人間とは会話できるはずよ」

右手で髪を撫でつけて、雪ノ下は達成感に満ちた表情を浮かべる。そして、にこやかに微笑んだ。

「これからはこの素敵な思い出を胸に一人でも強く生きていけるわね」

「解決法が斜め上過ぎるだろ……」

「でも、それじゃあ先生の依頼を解決できてない……。もっと根本的なところをどうにかしないと……。例えばあなたが学校をやめるとか」

「それは解決じゃない。臭いものに蓋理論だ」

「あら、臭いものだって自覚はあるのね」

「ああ、鼻つまみ者だけにな、ってやかましいわ！」

「……うざ」

　ちょっとうまいこと言ってにやっと笑う俺を、雪ノ下は「なんで生きてるの？」という目で睨み付けてくる。だから、目が怖ぇっつの。

　それからは耳が痛くなるような静けさだった。実際、雪ノ下に好き勝手言われて俺の耳が痛かったのもあるだろう。

　その静寂を打ち破るように、ドアを荒々しく引く無遠慮な音が響いた。

「雪ノ下。邪魔するぞ」

「ノックを……」

「悪い悪い。まぁ気にせず続けてくれ。様子を見に寄っただけなのでな」

ため息交じりの雪ノ下に鷹揚に微笑みかけると、平塚先生は教室の壁に寄り掛かった。そして、俺と雪ノ下を交互に見る。

「仲がよさそうで結構なことだ」

どこをどう見たらそういう結論になるんだよ。

「比企谷もこの調子で捻くれた根性の更生と腐った目の矯正に努めたまえ。では、私は戻る。君たちも下校時刻までには帰りたまえ」

「ちょ、ちょっと待ってくださいよ！」

引き留めようと俺が先生の手を取った。その瞬間、

「いたっ！　いたたたたたたっ！　ギブッ！　ギブギブッ！」

俺の腕が捻られていた。必死でタップしているとようやく離してくれる。

「なんだ比企谷か。不用意に私の後ろに立つな。しっかり技をかけてしまうだろう」

「あんたゴルゴかよっ！　あとそこはうっかりだろ！　しっかりすんなよ！」

「注文が多いな……。それで、どうかしたか？」

「どうかしてんのはあんただよ……。なんですか更生って。俺が非行少年みたいじゃないですか。だいたいここ、なんなんすか」

俺が問うと平塚先生は「ふむ」と顎に手をやってしばし思案顔になる。

「雪ノ下は君に説明してなかったか。この部の目的は端的に言ってしまえば自己変革を促し、悩みを解決することだ。私は改革が必要だと判断した生徒をここへ導くことにしている。精神

と時の部屋だと思ってもらえればいい。それとも少女革命ウテナといったほうがわかりやすいか？」

「余計わかりにくいし、例えで年齢がばれますよ……」

「何か言ったか？」

「……なんでもないっす」

とんでもなく冷ややかな視線で射殺されて俺は小声で呟（つぶや）きながら肩を縮こまらせる。その様子を見て平塚（ひらつか）先生はため息をついた。

「雪ノ下（ゆきのした）。どうやら比企谷（ひきがや）の更生にはてこずっているようだな」

「本人が問題点を自覚していないせいです」

先生の苦い顔に雪ノ下は冷然と答えた。

……なんだろう、この居（い）た堪（たま）れない感じ。小六のときにエロ本の所持がばれて両親の前で懇々（こんこん）とお説教されているときに似ている。

いや、そーでなくて。

「あの……さっきから俺の更生だの変革だの改革だの少女革命だの好き勝手盛り上がってくれてますけど、別に求めてないんすけど……」

俺がそう言うと、平塚先生は小首を傾（かし）げた。

「ふむ？」

「……何を言っているの？　あなたは変わらないと社会的にまずいレベルよ？」

　雪ノ下はまるで「戦争反対。核武装を放棄せよ」くらいの正論を言うような顔で俺を見た。

「傍から見ればあなたの人間性は余人に比べて著しく劣っていると思うのだけれど。そんな自分を変えたいと思わないの？　向上心が皆無なのかしら」

「そうじゃねぇよ。……なんだ、その、変わるだの変われだの他人に俺の『自分』を語られたくないんだっつの。だいたい人に言われたくらいで変わる自分が『自分』なわけねぇだろ。そもそも自己というのはだな……」

「自分を客観視できないだけでしょう」

　俺がデカルトの言葉をパクりながらちょっとかっこいいこと言おうとしたのを雪ノ下に遮られてしまう。……本当にちょっといいこと言おうとしたのに。

「あなたのそれはただ逃げているだけ。変わらなければ前には進めないわ」

　ばっさりと雪ノ下が斬って捨てた。こいつさっきからなんでこんなに刺々しいの？　ご両親、ウニかなんかなの？

「逃げて何が悪いんだよ。変われ変われってアホの一つ覚えみたいに言いやがって。じゃあ、お前はあれか。太陽に向かって『西日がきつくてみんな困っているから今日から東に沈みなさい』とか言うのか」

「詭弁だわ。論点をずらさないでちょうだい。だいたい、太陽が動いているのではなく地球が動いているのよ。地動説も知らないの?」

「例えに決まってんだろ!　詭弁っつーならお前のも詭弁だ。変わるなんてのは結局、現状から逃げるために変わるんだろうが。逃げてるのはどっちだよ。本当に逃げてないなら変わらないでそこで踏ん張んだよ。どうして今の自分や過去の自分を肯定してやれないんだよ」

「……それじゃあ悩みは解決しないし、誰も救われないじゃない」

救われない、とそう口にしたときの雪ノ下の怒った表情には鬼気迫るものがあった。思わず怯んでしまう。なんなら「ごごごごめんなさい!」と謝ってしまいそうだ。

だいたい「救う」だなんて一介の高校生が言う言葉じゃないだろう。いったい何が彼女をそこまで駆り立てているのか、俺にはとてもじゃないがわからない。

「二人とも落ち着きたまえ」

険悪になりそうな、というか最初から険悪だった空気を和らげたのは平塚先生の落ち着いた声音だった。見ればその顔はにやにやと実に楽しそうで喜悦に満ちていた。

「面白いことになってきたな。私はこういう展開が大好きなんだ。ジャンプっぽくていいじゃないか」

先生はなぜか一人だけテンションが上がっていた。女性なのに目が少年の目になっている。

「古来よりお互いの正義がぶつかったときは勝負で雌雄を決するのが少年マンガの習わしだ」

「いや、何言ってんすか……」

言ったところで聞いちゃいない。先生は高らかな笑い声をあげると、俺たちに向かって声高に宣言した。

「それではこうしよう。これから君たちの下に悩める子羊を導く。彼らを君たちなりに救ってみたまえ。そしてお互いの正しさを存分に証明するがいい。どちらが人に奉仕できるか!? ガンダムファイト・レディー・ゴー!!」

「嫌です」

雪ノ下はにべもなく言い放つ。その視線にはさっきまで俺に向けていたのと同質の冷たさがあった。まぁ、俺も同意見なので頷いておく。Gガンは世代じゃないしな。

俺たちの意思を確認すると先生は悔しげに親指の爪を噛む。

「くっ、ロボトルファイトのほうがわかりやすかったか……」

「そういう問題じゃねぇだろ……」

メダロットとかマニアックすぎんだろ……。

「先生。年がいもなくはしゃぐのはやめてください。ひどくみっともないです」

雪ノ下が氷柱のように冷え切った鋭い言葉を投げる。すると先生もクールダウンしたのか、一瞬羞恥に顔を染めてから取り繕うように咳払いをした。

「と、とにかくっ! 自らの正義を証明するのは己の行動のみ! 勝負しろと言ったら勝負しろ。君たちに拒否権はない」

「横暴すぎる……」

この人完全にただの子供だ！　大人なのは胸だけだ！

まぁ、勝負なんて適当にやって負けちゃいましたーてへへっ☆でいいんだけどな。参加することに意義があるって便利で素敵な言葉だなぁ。

だが、頭の中が幼女の嫌すぎるロリババア巨乳はなおも妄言を吐き続ける。

「死力を尽くして戦うために、君たちにもメリットを用意しよう。勝ったほうが負けたほうになんでも命令できる、というのはどうだ？」

「なんでもっ⁉」

なんでも、ということはあれですね。いわゆるなんでもなわけですよね。……ごくり。

がたっと椅子を引く音がして、雪ノ下が二メートルは後ずさり、自分の身体を抱える防御態勢に入っていた。

「この男が相手だと貞操の危機を感じるのでお断りします」

「偏見だっ！　高二男子が卑猥なことばかり考えてるわけじゃないぞ！」

他にもいろいろと、えーっと、考えてるよ！　……世界平和？　とか？　うん、あとは特に考えてないな。

「さしもの雪ノ下雪乃といえど恐れるものがあるか……。そんなに勝つ自信がないかね？」

意地悪そうな顔で平塚先生が言うと、雪ノ下はいささかむっとした表情になる。

「……いいでしょう。その安い挑発に乗るのは少しばかり癪ですが、受けて立ちます。ついでにその男のことも処理して差し上げましょう」

うわあ、雪ノ下さん負けず嫌いー。どこが負けず嫌いかって「あなたの意図はお見通しですが」的なセリフがさらに負けず嫌い。ていうか、処理ってなんだよ。怖いからやめろ。

「決まりだな」

にやりと平塚先生は笑い、雪ノ下の視線を受け流す。

「あれ、俺の意思は……」

「君のにやけた表情を見れば聞くまでもあるまい」

そうですか……。

「勝負の裁定は私が下す。基準はもちろん私の独断と偏見だ。あまり意識せず、適当に……適切に妥当に頑張りたまえ」

そう言い残すと、先生は教室を後にした。残されているのは俺と、とっても不機嫌そうな表情をした雪ノ下だけ。もちろん会話なんてあるはずがない。

その静かな空間にじーっと、壊れたラジオの放つような音がする。チャイムが鳴る前兆だ。いかにも合成音声っぽいメロディが流れると、雪ノ下はぱたりと本を閉じる。完全下校時刻を知らせるチャイムだったらしい。

それを合図に雪ノ下はさっさと帰り支度を始める。手元の文庫本を鞄に丁寧にしまうと立ち上がった。そして、俺のほうをちらりと見る。

が、見ただけで何も言わずに帰って行った。「お疲れ様」も「お先に」の一言もなく、颯爽と帰っていきやがった。

あまりの冷たい対応に声をかけるタイミングすらない。

あとにはぽつねんと残された俺が一人きり。

今日はなんて厄日なんだろうか。職員室に呼び出されるわ、謎の部活動に加入させられるわ、顔だけは無駄に可愛い女の子に暴言吐かれるわ、かなりの大ダメージを受けた。

女子との会話ってもっと心躍るものじゃないのかよ。心が沈みしかしねぇよ。これなら普段俺が会話しているぬいぐるみのほうがよっぽどいいよ？　口答えしないし、にこやかに微笑みかけてくれるし。なんで俺ってドMに生まれなかったの？

そのうえ、なんでわけのわからん勝負をさせられるんだよ？　それも、あの雪ノ下が相手じゃ俺が勝てる気がしねぇ。

だいたい部活とか勝負なんてものは傍から見てるのが正解なんだよな。俺の中では部活動なんて、女の子たちがバンドやってんのをＤＶＤで見てるぐらいの参加のしかたがちょうどいい。

こーゆー展開を経て仲良くなる？　それはないわ。たぶんあいつ俺に「息が臭いから三時間ほど呼吸を止めてくれるかしら」とか平気で命令するぜ？

やはり青春なんて嘘ばっかりだ。

高校三年夏の大会で負けた自分たちを美しいものに仕立て上げるために涙を流し、大学受験に失敗して浪人した自分をごまかすために挫折は人生経験だと言い張ったり、好きな人に告白できない自分を偽るために相手の幸福を考えて身を引いたと嘯いたり。

あとは、そうだな。こんなぎすぎすしてイラッとくるような女のことをツンデレとか言って、訪れるわけもないラブコメを期待したりとか、な。

作文に修正の必要を認めない。やっぱり青春は擬態で欺瞞で虚偽妄言だ。

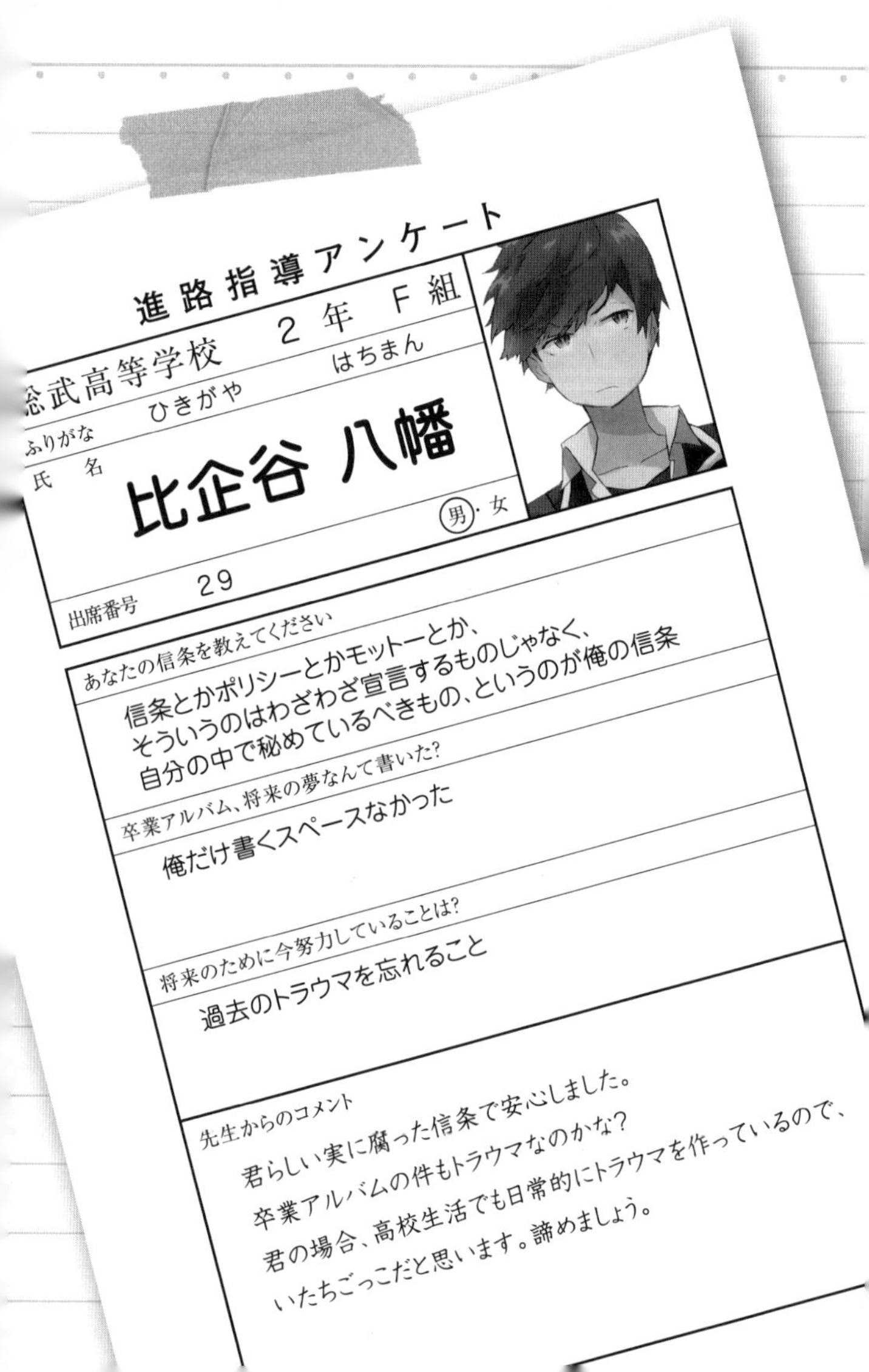

進路指導アンケート

総武高等学校　2年　F組

ふりがな　ひきがや　はちまん

氏　名　比企谷 八幡

男・女

出席番号　29

あなたの信条を教えてください

信条とかポリシーとかモットーとか、
そういうのはわざわざ宣言するものじゃなく、
自分の中で秘めているべきもの、というのが俺の信条

卒業アルバム、将来の夢なんて書いた?

俺だけ書くスペースなかった

将来のために今努力していることは?

過去のトラウマを忘れること

先生からのコメント

君らしい実に腐った信条で安心しました。
卒業アルバムの件もトラウマなのかな?
君の場合、高校生活でも日常的にトラウマを作っているので、
いたちごっこだと思います。諦めましょう。

「比企谷、
目をどろどろと腐らせながら
信条を語るな」
「馬鹿なの？」

2

いつでも雪ノ下雪乃はつらぬいている。

ホームルームを終えて教室から出た俺を待ち構えていたのは平塚先生だった。

腕を組み、仁王立ちになった姿はさながら看守のようである。もうなんか軍服来て鞭持たせたら似合いすぎるんじゃないかと思う。

まぁ、学校なんて牢獄みたいなもんだからこの想像にさして飛躍はないだろう。アルカトラズとかカサンドラとかそんな感じだ。早く世紀末救世主が来てくれればいいのに。

「比企谷。部活の時間だ」

そう言われて自分の血の気がさぁっと引くのがわかった。やべぇ連行される。

部室に送られたら今度こそ俺は学校生活に絶望してしまう。雪ノ下というナチュラルボーン見下し女の言葉は、毒舌なんて可愛いものではなく暴言そのものなのだ。ツンデレっていうかあれ、ただの嫌な女だからね？

だが、平塚先生はそんなことを斟酌するわけもなく、にこりと無機質な笑顔を浮かべた。

「行くぞ」

そう言って平塚先生は俺の腕を取ろうとする。それをするっと躱し、さらに先生がずいっと

手を伸ばす。さらにそれをぬるりと避ける。

「あのですね、思うんですが生徒の自主性を尊重し自立を促す学校教育という観点から考えても、こうやって強制されることに異議を唱えたいのですが」

「残念だが、学校は社会に適応させるための訓練の場だ。社会に出れば君の意見など通らない。今のうちから強制されることに慣れておきたまえ」

言うや否や拳が飛ぶ。ごすっと抉りこむようなボディブローが決まり、俺はぐっと息を詰まらせた。硬直したその一瞬を見逃すことなく、平塚先生は俺の手を握る。

「次に逃げようとしたらわかるな？　あまり私の拳を煩わせないでくれ」

「拳は確定なのかよ……」

もう痛いの無理です。

歩いていると平塚先生が思い出したように口を開く。

「ああ、そうだ。今度から逃げたら雪ノ下との勝負は問答無用で君の不戦敗ということにしておこう。ついでにペナルティも科す。三年で卒業できると思わないほうがいいぞ」

将来的にも精神的にも逃げ道をばっちり塞がれていた。

かつかつとヒールで床を鳴らしながら平塚先生が俺の横を歩く。それどころか腕を取られていて、見ようによっては女教師のコスキャバ嬢を連れた同伴出勤みたいに見えるだろう。

違うのは三点。まず俺がお金を支払っていない点、次に腕を取られているのではなく肘関節を極められている点、最後に俺はまったく嬉しくないしうきうきもしていない点である。

先生の胸に肘の先が当たっているけど嬉しくない。これから送られる場所はあの部室だ。

「あの、別に逃げたりしないんで一人で大丈夫ですよ。ほら俺いつも一人だし。一人全然平気。むしろ一人じゃないと落ち着かないレベル」

「そう寂しいことを言うな。私が一緒に行きたいのだよ」

ふっと先生が優しげに微笑んだ。普段の吊り上がった瞳とは全然違っていて、そのギャップに思わずドキリとさせられる。

「君を逃がして後で歯噛みするくらいなら、嫌々でも連行したほうが私の心理的ストレスが少ない」

「理由が最低ですね！」

「何を言うか。嫌で嫌で仕方がないが、君を更生させるためにこうして付き合ってやっているのだぞ。美しい師弟愛というやつだ」

「これが愛かよ。これが愛なら愛などいらないです」

「さっきの言い訳といい、君はまったく捻くれているなぁ……。捻くれすぎて秘孔が逆の位置にあるんじゃないのか？　聖帝十字陵とか作るなよ？」

あんたマンガ大好きすぎるだろ……。

「もう少し素直なほうが可愛げがあるぞ。世の中を斜めに見ていても別に楽しくはないだろう？」

「楽しいだけが世の中じゃないですよ。楽しきゃいいって価値観だけで世界が成立してたら全米が泣くような映画は作られないでしょ。悲劇に快楽を見出だすこともあるわけだし」

「今の発言などまさに典型的だな。斜に構えているのは若者にはよくあることだが、君のそれはもう病気の域だな。高校二年特有疾患、やはり君は『高二病』だ」

平塚先生からとっても素敵な笑顔で病気認定された。

「え、病気扱いってひどくないですか。ていうか高二病ってなんだよ」

「君、マンガやアニメは好きかね？」

説明を求めた俺を無視し、平塚先生は自分勝手に話題を振ってくる。

「まぁ、嫌いではないですけどね」

「なぜ好きかね？」

「そりゃまぁ……日本の文化の一形態ですし、世界に誇れるポップカルチャーとして認知されてますからそれを認めないのも不自然なことでしょう。市場も大きくなってるから経済面でも無視しちゃいけない」

「ふむ。では、一般文芸はどうだ？　東野圭吾や伊坂幸太郎は好きかね？」

「読んじゃいますけど、正直売れる前の作品のほうが好きですね」

「好きなライトノベルレーベルはどこだね？」

「ガガガ……と、講談社ＢＯＸ。まぁ、後者がラノベかどうか知りませんけど。さっきから何の尋問ですか」

「ふむ……君は本当に悪い意味で期待を裏切らないな。立派な高二病だ」

先生は呆れた様子で俺に顔を向ける。

「だから、高二病ってなんだよ……」

「高二病は高二病だ。高校生にありがちな思想形態だな。捻くれてることがかっこいいと思っていたり、『働いたら負け』とかネットなどでもてはやされているそれらしい意見を常に言いたがったり、売れている作家やマンガ家を『売れる前の作品のほうが好き』とか言い出す。みながありがたがるものを馬鹿にし、マイナーなものを褒め称える。そのうえ、同類のオタクをバカにする。変に悟った雰囲気を出しながら捻くれた論理を持ち出す。一言で言って嫌な奴だ」

「嫌な奴って……。くそっ！　だいたい合ってるから反論できねぇ！」

「いや、褒めたぞ？　近ごろの生徒は実に器用で上手に現実と折り合いをつけてしまうからな。教師としては張り合いがないのだよ。工場で働いているような気分になる」

「近ごろの生徒は、ですか」

俺は思わず苦笑してしまった。出たよ常套句。

とまあ、俺がうんざりして軽く論破の一つもしてやろうかとすると、平塚先生は俺の目をじっと見てから肩を竦めた。

「何か言いたそうにしているが、君のそういうところがつくづく高二病だと私は思うよ」

「……そうっすか」

「勘違いしないでほしいのだが、私はわりと本気で褒めている。考えることを放棄しない人間は好きだよ。捻くれてはいるが、ね」

好きだ、と直接的に言われてしまうとこちらとしてはうぐっと言葉に詰まるしかない。言われ慣れてない言葉にどう切り返せばいいのか対処に困る。

「そんな捻くれている君から見て、雪ノ下雪乃はどう映る?」

「嫌な奴」

即答した。「コンクリートロードはやめたほうがいいと思うよ?」と言われたくらいに嫌な奴だと心底思う。

「そうか」

平塚先生は苦笑した。

「非常に優秀な生徒ではあるんだが……。まぁ、持つ者は持つ者でそれなりの苦悩があるのだよ。けれど、とても優しい子だ」

どこがだよ。心の中で舌打ちした。

「きっと彼女もやはりどこか病気なんだろうな。優しくて往々にして正しい。だが世の中が優しくなくて正しくないからな。さぞ生きづらかろう」

「あいつが優しくて正しいかは置いとくにしても、世の中についちゃおおむね同意ですね」

俺が言うと先生は、だろう？　という顔でこちらを見る。

「やはり君は、君たちは捻くれているな。うまく社会に適応できそうもない部分が心配だよ。だから、君たちを一か所に集めておきたくなる」

「あそこは隔離病棟かよ……」

「そうかもな。けれど、君たちのような生徒は見ていて面白くて好きだよ。だから手元に置いておきたいだけなのかもしれんな」

そう楽しげに笑って、先生は相変わらず俺の腕を極めている。この総合格闘技じみた技もマンガの影響なのかもしれない。俺の肘はぎしぎしと嫌な音を立てながら先生の豊満なバストにちょいちょい当たってる。

……ふぅ。ここまで完璧に腕を極められてしまうとさすがの俺も抜け出すのは困難だな。悔しいがもうずっとしばらくこの感触に甘んじていなければならない。

いやもうほんと残念。

おっぱいは二つだからバストはバスツと複数形にするのが正しいと思いました。

×　　×　　×

特別棟まで来るとさすがに逃げる心配はしなくなったのか、先生はようやく解放してくれた。それでも、去り際にちらちらとこちらに視線を送ってくる。別れがたいとか名残惜しいとかそんな優しげな感情はどこにもなく、「逃げたらわかってるだろうな」という殺意だけがびんびんと伝わってきた。

俺はそれに苦笑しながら廊下を歩く。

特別棟の一角はしんと静まり返り、ひんやりとした空気が流れていた。

他にも活動をしている部はあるはずなのに、その喧噪もここまでは届かないらしい。それが立地条件によるものなのか、それとも彼女、雪ノ下雪乃の放つ不思議な雰囲気のなせる業なのかはわからない。

扉を開けようと手を掛ける。正直気が重いが、かといって逃げるのも癪にさわる。

要はあいつの言うことを気にしなければいいのだ。二人ではなく、一人と一人と考えればいい。無関係であれば気まずい思いもしないし、不愉快な気分にもならない。

今日から始める、一人なんて怖くない対策その一、「他人を見たら他人と思え」である。ちなみにその二はない。

要するに、気まずさというのは「何か話さないと」「仲良くしないと」という強迫観念があるから生まれるんだと思う。

電車に乗っていて席が隣り合った人に対して「やばいよー、二人っきりだよー、気まずいよー」と思う奴がいないのと同じだ。

そう考えれば諦めもつく。黙って本でも読んでればいいのだ。

部室の扉を開くと、雪ノ下は昨日と寸分違わぬ姿勢で本を読んでいた。

「……」

戸を開けたはいいものの、何と声をかければいいのかわからない。とりあえず、気持ち会釈をして彼女の近くへと進む。

雪ノ下は刹那こちらを見ると、次の瞬間にはその目を文庫本へと向けた。

「この距離、この空間でシカトかよ……」

すがすがしいまでの無視に、一瞬自分が空気になったのかと思った。まるで教室でのいつもの俺みたいじゃねぇのこれ。

「変わった挨拶ね。どこの部族のもの？」

「……コンニチハ」

嫌味に耐えかねて、保育園で習った挨拶を口にすると、雪ノ下はにっこり微笑んだ。

たぶん、これが雪ノ下雪乃が見せた初めての笑顔。笑うと口元にえくぼができるとか、少し八重歯が覗くとかそんなどうでもいい知識を得てしまった。

「こんにちは。もう来ないのかと思ったわ」

正直、その笑顔は反則だと思う。それはもうマラドーナの神の手クラスの反則。要するに最終的には認めざるを得ないんだけど。

「べ、別にっ！　逃げたら負けだから来ただけだよっ！　か、勘違いするなよなっ！」

ちょっとラブコメっぽい会話だった。けど、普通男女の立ち位置逆だろ。やっぱりダメだろこれ。

雪ノ下は別段気を悪くした風もなく、というかむしろ俺の反応になどまったく興味がないように話を続ける。

「あれだけこっぴどく言われたら普通は二度と来ないと思うのだけれど……マゾヒスト？」

「ちげぇよ……」

「じゃあ、ストーカー？」

「それも違う。ねぇなんで俺がお前に好意抱いてる前提で話が進んでんの？」

「違うの？」

このアマ、しれっと小首を捻ってきょとんとした表情を作りやがった！　ちょっと可愛いけど全然得した気分にならねぇ！

「ちげぇよ！　その自信過剰ぶりにはさすがの俺もひくぞ」

「そう、てっきり私のこと好きなのかと思ったわ」

雪ノ下は別段意外そうな顔も見せずに、平素と変わらない冷たい表情で言う。

確かに雪ノ下は可愛い顔をしている。何の接点もなく、学校では誰一人として友達のいない俺ですらその存在を知っているくらいだ。校内でも指折りの美少女ということに疑いの余地はない。

それでも、この女の自信家ぶりは異常だ。

「お前、どう育ったらそんだけおめでたい思考になるの？　毎日が誕生日だったの？　それとも恋人がサンタクロースだったの？」

そうでなきゃこんなに脳内ハッピーにはならないだろう。

このまま成長すればきっと痛い目を見るに違いない。取り返しのつかないことになる前に、軌道修正してやったほうがいい。つい俺の中の人としての優しさが騒ぎ出してしまった。

俺はオブラートに包んで慎重に言葉を選ぶ。

「雪ノ下。お前は異常だ。勘違いもいいところだ。ロボトミー手術とかしとけ」

「少しは歯に衣着せたほうが身のためよ？」

雪ノ下はウフフと微笑みながら俺のほうを見るが、目が笑ってないので怖い。

や、でもカスだのクズだの言わなかっただけ褒めてもらいたい。はっきり言ってこいつの顔が可愛くなかったら俺は殴っている自信がある。

「まぁ、底辺の比企谷くんから見れば異常に映るのかもしれないけれど、私にとっては至極当たり前の考え方よ。経験則というやつね」

ふふんと雪ノ下が自慢げに胸を反らす。そういう仕草も雪ノ下がやると様になっているから不思議だ。

「経験則、ねぇ……」

そう言うからにはその手の色恋沙汰に縁があるのだろう。見てくれだけで考えれば、納得はできる。

「そら随分と楽しい学校生活なことで」

俺がため息交じりに漏らした呟きに雪ノ下がぴくっと反応する。

「え、ええ。そうね。端的に言って過不足のない実に平穏な学校生活を送ってきたわ」

そう言うわりに雪ノ下はなぜか視線をあさっての方向に向けている。おかげで顎から首にかけてのなだらかなラインが綺麗だなとか死ぬほど無駄な知識が増えた。

その様子を見て俺は今さらながらに思い至る。や、冷静になればすぐにわかったことだとは思うのだが、こんな上から目線ナチュラル見下し女が正常な人間関係など構築できるわけがなく、したがって円満な学校生活など送れるはずがないのである。

一応、聞いておくか……。

「お前さ、友達いんの?」

俺がそう言うと、雪ノ下はふいっと視線を逸らした。

「……そうね、まずどこからどこまでが友達なのか定義してもらっていいかしら」

「あ、もういいわ。そのセリフは友達いない奴のセリフだわ」

ソースは俺。

　まぁ、でも真面目な話、どこからどこまでが友達かなんてわからないよな。知り合いとどう違うのかそろそろ誰かに説明してもらいたい。

　一度会ったら友達で毎日会ったら兄弟なの？　ミドファドレッシーソラオ？　なんでオだけ音階じゃねーんだよ。そこまでこだわれよ。

　そもそも友人知人の差異を表わすときの言い回しがこれまた微妙なんだよな。特に女子の場合だとそれが顕著だ。同じクラスの人間でも、クラスメイト、友達、親友みたいな感じでランク分けされている気がする。じゃあその違いはどこから来てるのかって話だよ。

　閑話休題。

「まぁお前に友達いないのはなんとなく想像つくからいいんだけどさ」

「いないだなんて言っていないでしょう？　もし仮にいないとしてもそれで何か不利益が生じるわけではないわ」

「あーうん、そうねーはいはい」

　じと目でこちらを見る雪ノ下の言葉をさらりと受け流す。

「っつーか、お前人に好かれるくせに友達いないとかどういうことだよ」

　俺が言うと雪ノ下はむっとする。それから不機嫌そうに視線を外してから口を開いた。

「……あなたにはわからないわよ、きっと」

心なしか頬を膨らませて、そっぽを向く雪ノ下。

そりゃまあ俺と雪ノ下はまったく違う人間だし、彼女が考えていることなんて微塵もわかりはしない。聞かせてもらったところでそれを理解するのは難しかろう。どこまでいっても結局人と人とは理解し合えない。

だが、こと、ぼっちに関してだけはおそらく俺は雪ノ下を理解できる。

「まぁ、お前の言い分はわからなくもないんだ。一人だって楽しい時間は過ごせるし、むしろ一人でいちゃいけないなんて価値観がもう気持ち悪い」

「……」

雪ノ下は一瞬だけ俺のほうを見たが、すぐに顔を正面に戻して目を瞑った。何かを考えている仕草にも見える。

「好きで一人でいるのに勝手に憐れまれるのもイラッとくるもんだよな。わかるわかる」

「なぜあなた程度と同類扱いされているのかしら……。非常に腹立たしいのだけれど」

そう言って苛立ちをごまかすように髪を掻き上げる雪ノ下。

「まあ、あなたと私では程度が違うけれど、好きで一人でいる、という部分には少なからず共感はあるわ、ちょっと癪だけれど」

最後にそう付け足して雪ノ下は自嘲気味に微笑んだ。どこか仄暗い、けれども穏やかな笑みだ。

「程度が違うってどういう意味だ……。独りぼっちにかけては俺も一家言ある。ぼっちマイスターと言われてもいいくらいだ。むしろ、お前程度でぼっちを語るとか片腹痛いよ？」

「何なのかしら……、この悲壮感漂う頼りがいは……」

雪ノ下は驚愕と呆れに満ちた顔で俺を見た。その表情を引き出したことに満足感を覚え、俺は勝ち誇ったように言う。

「人に好かれるくせにぼっちを名乗るとかぼっちの風上にも置けねぇな」

だが、雪ノ下は、ふっとバカにしくさった表情で笑った。

「短絡的な発想ね。脊髄の反射だけで生きているのかしら。人に好かれるということがどういうことか理解している？　——ああ、そういう経験がなかったのよね。こちらの配慮が足りなかったわ。ごめんなさい」

「配慮するなら最後まで配慮しろよ……」

慇懃無礼とでも言うのだろうか。やっぱりとても嫌な奴である。

「で、人に好かれるのがなんだって？」

俺が問うと、雪ノ下は少しばかり考えるようにして瞳を閉じた。うんと小さく咳払いをし、口を開く。

「人に好かれたことがないあなたには少し嫌な話になるかもしれないけど」

「もう充分なってるから安心しろよ」

そう言うと、雪ノ下はすうっと小さく深呼吸した。

これ以上、嫌な気分になることはあるまい。さっきのやり取りだけでラーメン無限大を食ったときくらいお腹一杯だ。

「私って昔から可愛かったから、近づいてくる男子はたいてい私に好意を寄せてきたわ」

ギブ。

さらに野菜マシマシ化調マシくらいの重量だわ、これ。

だが大見得切った手前、ここで退席するわけにもいかない。我慢して話の続きを待つ。

「小学校高学年くらいからかしら。それ以来ずっと……」

そう言う雪ノ下の表情は先ほどまでと違ってやや陰鬱なものだった。

足かけ約五年。常時、異性からの好意に晒される気分というのは一体どういうものなのだろうか。

正直、足かけ十六年異性からの嫌悪に晒され続けた俺には理解できない。母親からすらバレンタインのチョコをもらえない俺ではわからない世界だ。ウハウハで人生勝ち組のように思える。とんでもない自慢話を聞かされているだけなんじゃねぇの。

――けど、そうだよな。

プラスとマイナスのベクトルの違いこそあれ、剝き出しの感情をぶつけられるのはつらい。吹き荒れる嵐の中を裸で突っ立っているようなものだ。学級会で吊し上げられるくらいきついことだと思う。

ただ一人黒板の前に立たされて、その周囲を同級生がぐるりと囲み「しゃーざーい、しゃーざーい」と手拍子とともにシュプレヒコールを上げたあの地獄にも似た光景。

……あれは本当にきつかった。後にも先にも学校で泣いたのはあれだけだ。

いや、俺のことは今はいい。

「まぁ、嫌われまくるより、いくらかいいだろ。甘えだ甘え」

嫌な思い出が頭をよぎったせいでふとそんなことを口走っていた。

すると、雪ノ下は短くため息をつく。それは笑顔にとてもよく似ていたけれど、明らかに違う表情だった。

「別に、人に好かれたいだなんて思ったことはないのだけれど」

そう言い切った後に、ほんのわずかばかりの言葉を付け足した。

「もしくは、本当に、誰からも好かれるならそれも良かったかもしれないわね」

「あん?」

消え入りそうな声で呟かれたので思わず聞き返すと、雪ノ下は真剣な表情で俺に向き直った。

「あなたの友達で、常に女子に人気のある人がいたらどう思う?」

「愚問だな。俺は友達がいないからそれは杞憂だ」

あまりにも力強く、男らしい回答。

我ながらタイムラグゼロでやや食い気味に即答したことに驚いてしまう。その驚きは雪ノ下も同様だっただろう。言葉に詰まり、口をぽけっと開けていた。

「……一瞬、かっこいいことを言ったのかと勘違いしたわ」

頭痛でもするのか、こめかみのあたりにそっと手を添えて雪ノ下は俯く。

「仮の話として、答えてくれればいいわ」

「殺す」

即答に満足したのか、雪ノ下はうんうんと頷く。

「ほら、排除しようとするじゃない？　理性のない獣と同じ、いえそれこそ禽獣にも劣る……。私がいた学校もそういう人たちが多くいたわ。そういった行為でしか自身の存在意義を確かめられない哀れな人たちだったのでしょうけれど」

雪ノ下ははっと鼻で笑った。

女子に嫌われる女子。そういうカテゴリーは確かに存在する。俺だって伊達に十年学校に通っていない。中心にいたわけではないが、傍から見ているだけでもそれはわかった。否、傍から見ていたからこそわかる。

きっと雪ノ下は常に中心にいて、だからこそ逆に四方八方敵だらけだったに違いない。

そうした存在がどんな目に遭うか、そこから先は想像ができる。

「小学生のころ、六十回ほど上履きを隠されたことがあるのだけれど、うち五十回は同級生の女子にやられたわ」

「あとの十回が気になるな」

「男子が隠したのが三回。教師が買い取ったのが二回。犬に隠されたのが五回よ」

「犬率たけぇよ」

それは想像を超えていた。

「驚くポイントはそこではないと思うのだけど」

「あえて聞き流したんだよ！」

「おかげで私は毎日上履きを持って帰ったし、リコーダーも持って帰るはめになったわ」

うんざりした顔で語る雪ノ下に、俺は不覚にも同情してしまった。

別にあれだよ？　身に覚えがあるとか小学校のとき、朝の教室で誰もいない時間を見計らってリコーダーの先だけ交換した罪悪感とかからじゃないよ？　ただ純粋に俺は雪ノ下を哀れに思ったのだ。ほんとほんと。ハチマン、ウソ、ツカナイ。

「大変だったんだな」

「ええ、大変よ。私、可愛いから」

そう自嘲気味に笑う雪ノ下を見ていると、今度はさほどいらっとしなかった。

「でも、それも仕方がないと思うわ。人はみな完璧ではないから。弱くて、心が醜くて、すぐに嫉妬し蹴落とそうとする。不思議なことに優れた人間ほど生きづらいのよ、この世界は。そんなのおかしいじゃない。だから変えるのよ、人ごと、この世界を」

雪ノ下の目は明らかに本気の目で、ドライアイスみたいに冷たさのあまり火傷しそうだ。

「努力の方向性があさってにぶっ飛びすぎだろ……」

「そうかしら。それでも、あなたのようにぐだぐだ乾いて果てるより随分とマシだと思うけれど。あなたの……そうやって弱さを肯定してしまう部分、嫌いだわ」

そう言って、雪ノ下はふいっと窓の外に目をやった。

雪ノ下雪乃は美少女だ。これは今さらケチのつけようがない事実であり、誠に遺憾ながらさしもの俺も認めざるを得ない。

傍目には品行方正、成績優秀と非の打ちどころがない。ただし、性格に難があるのが玉に致命傷。瑕なんて可愛いものではない。

けれど、その致命傷にはそれなりの理由がある。

別に平塚先生の言葉を鵜呑みにするわけではないが、雪ノ下雪乃は持つ者であるがゆえに、苦悩を抱えている。

きっとそれを隠して、協調して騙し騙し、自分と周りをごまかしながらうまくやることは難しくはないはずだ。世の中の多くの人間はそうしているのだから。

勉強が得意な人間がテストでいい点を取ってもまぐれだのヤマが当たっただの言うように。

美少女が不美人にひがまれたら皮下脂肪が最近どうのと自分の醜さを主張するように。

けれど雪ノ下(ゆきのした)はそれをしない。

自(みずか)らに決して嘘(うそ)をつかない。

その姿勢だけは評価しないでもない。

だって、それは俺と同じだから。

話は終わったとばかりに雪ノ下は再び文庫本に目を落としていた。

それを見て、俺は不意に妙な気持ちに捉(とら)われる。

——きっと俺と彼女はどこか似ている。柄にもなくそんなことを思ってしまった。

——今はこの沈黙すら、どこか心地いいと、そう感じていた。

——少しだけ、自分の鼓動が速くなるのを感じた。心臓の刻む律動が秒針の速度を追い越してもっと先へ進みたいと、そう言っている気がした。


——なら。

——なら、俺と彼女は。


「なぁ、雪ノ下。なら、俺が友」

「ごめんなさい。それは無理」

「えーまだ最後まで言ってないのにー」

雪ノ下は断固拒絶してきやがった。それどころか「うへぇ……」みたいな顔してるし。
やっぱこいつ全然可愛（かわい）くねーわ。ラブコメとか爆発しろ。

つねに由比ヶ浜結衣はきょろきょろしている。

「君はあれか、調理実習にトラウマでもあるのか」

サボった調理実習の代わりに課せられた家庭科の補習レポートを提出したら、なぜか呼ばれた職員室。

ものすごい既視感。なぜあなたに説教をかまされてるんでしょうかね、平塚先生。

「先生って、現国の教師だったんじゃや……」

「私は生活指導担当なんだよ。鶴見先生は私に丸投げしてきた」

職員室の隅っこのほうを眺めると、件の鶴見先生が観葉植物に水をやっていた。平塚先生はそれをちらっと見てから俺のほうに向きなおる。

「まずは調理実習をサボった理由を聞こう。簡潔に答えろ」

「や、あれですよ。クラスの連中と調理実習とかちょっと意味わかんなかったんで……」

「その回答が私にはもう意味がわからないよ。比企谷。そんなに班を組むのがつらかったか？それともどの班にも入れてもらえなかったのか？」

平塚先生はわりと本気で心配そうに俺の顔を覗きこんできた。

「いやいや。何言ってんですか先生。これは調理実習でしょう？　つまり、より実地に近くなければやる意味がない。俺の母親は一人で料理してますよ？　つまり、料理は一人でするのが正しいんですよ！　逆説的に班でやる調理実習とか間違ってる！」

「それとこれとは話が別だろう」

「先生！　俺の母ちゃんが間違ってるって言うんですか！　許さねぇ！　これ以上話しても無駄だ！　帰らせてもらおうか！」

そう言い返して、俺はくるりと踵を返しその場を後にしようとする。

「逆ギレでごまかそうとするなコラ」

……ばれたか。平塚先生は腕を伸ばすと俺の制服の襟元を後ろから引っ張る。子猫を掴みあげるような形で再び向き直らされた。むー。「てへっ♪いっけなーい☆」と言いながらぺろっと舌を出すほうがうまくごまかせたかもしれない。

平塚先生はため息をつきながらレポート用紙をぱんっと手の甲で叩く。

「おいしいカレーの作り方、ここまではいい。問題はその後だ。1、玉葱を櫛形切りにする。細めにスライスし、下味をつける。薄っぺらい奴ほど人に影響されやすいのと同様、薄く切ったほうが味がよく染みる……。誰が皮肉を混ぜろと言った。牛肉を混ぜろ」

「先生、うまいこと言ったみたいな顔をするのはやめてください……見てるこっちが恥ずかしいです……」

「私だってこんなもの読みたくない。言うまでもなくわかっていると思うが再提出だ」

先生は心底呆れ返った様子で口にタバコを運んだ。

「君は料理できるのか？」

レポート用紙をひらりとめくりながら平塚先生が意外そうな表情で尋ねてくる。心外だ。カレーくらい今日日の高校生なら誰でも作れるだろうに。

「ええ。将来のことを考えればできて当然です」

「一人暮らしでもしたい年ごろか？」

「いや、そういうわけじゃないです」

「ふうん？」

じゃあ、なんで？　と平塚先生は視線だけで聞いてきた。

「料理は主夫の必須スキルですからね」

俺が答えると平塚先生は控えめなマスカラで縁取られた大きな瞳を二、三度瞬かせた。

「君は専業主夫になりたいのか？」

「それも将来の選択肢の一つかなって」

「ドロドロと目を腐らせながら夢を語るな。せめてキラキラと輝かせろ。……参考までに聞くが、君の将来設計はどうなっているんだ？」

いやあんた自分の将来の心配しろよなどとは言えない雰囲気だったので、観念して理路整然と回答することにした。

「まぁ、それなりの大学に進学しますよ」

頷き、相槌を打つ平塚先生。

「ふむ。その後、就職はどうするんだ？」

「美人で優秀な女子を見繕って結婚します。最終的には養ってもらう方向で」

「就職って言ったただろ！　職業で答えろ！」

「だから、主夫」

「それはヒモと言うんだっ！　恐ろしいくらいダメな生き方だ。奴らは結婚をちらつかせて気づいたらいつの間にか家に上がりこんできてあまつさえ合鍵まで作ってそのうち自分の荷物を運びこみ始め、別れたら私の家具まで持っていくようなとんでもないろくでなしなんだぞっ!?」

平塚先生は微に入り細を穿ち懇切丁寧にまくしたてた。あまりに勢い込んで話すものだから息切れして目には涙が浮かんでいる。

哀れすぎる……。とても可哀想なのでなんとか元気づけてあげたくなってしまった。

「先生。大丈夫です！　俺はそんな風にはなりません。ちゃんと家事をやってヒモを超えたヒモになりますっ！」

「どんな超ひも理論だっ！」

将来の夢を否定され、今まさに人生の岐路に立たされていた。夢が断たれようとする瀬戸際、俺は理論武装を試みる。

「ヒモ、と言えば聞こえは悪いけど専業主夫というのはそんなに悪い選択肢ではないと思うんですよ」

「ふん？」

平塚（ひらつか）先生は椅子（いす）をぎしっと鳴らしてこちらを睨（にら）む。聞いてやるから言ってみろという姿勢だ。

「男女共同参画社会とやらのおかげで、既に女性の社会進出は当然のこととされてますよね。その証拠に平塚先生だって教師をやっているわけだし」

「……まぁ、そうだな」

摑（つか）みはOKのようだ。これで話を続けられる。

「けど、女性が職場に多く出てきたら、そのぶん男性が職にあぶれるのは自明の理。そもそも古今東西、仕事の数なんて限られているじゃないですか」

「む……」

「例えば、とある会社の五十年前の労働人口が百人で男性率百パーセントだったとしましょう。そこへ、五十人の女性の雇用を義務付けられたら当然もといた男性五十人はどこかへいかなきゃいけない。ごくごく単純な計算でもこれですよ。ここに昨今の不景気具合を加味すれば男性労働者の受け皿ががくっと減るのは当たり前のことです」

俺がそこまで言うと、平塚先生は顎に手をやり考える姿勢を取った。

「続けたまえ」

「会社というもの自体が以前よりも人を必要としなくなったのもあります。パソコンの普及やネットの発達で効率化が図られ、一人あたりの生産能率は飛躍的に向上したわけで。むしろ、社会からしたら『そんな働く気まんまんでも困るんですけど……』という状態。ワークシェアリングとか、まぁなんかそんな感じのあるでしょう?」

「確かにそういう概念はあるな」

「それに、家電類も目覚ましい発達をしたことで誰がやっても一定のクオリティを出せるようになった。男だって家事はこなせます」

「いやちょっと待て」

理論立てた俺の熱弁を先生が遮った。こほんと小さく咳払いをすると、ちらと俺の顔を覗き込む。

「あ、あれはあれでなかなか扱いが難しくてだな…、必ずしもうまくいくわけではないぞ?」

「そりゃ先生だけだ」

「……あ?」

椅子がくるりと回転して、先生の足が俺の脛を蹴った。すっごい痛い。めっちゃ睨まれてる。

俺はごまかすように話を続けた。

「よ、要するに！　そうやって働かなくて済む社会を必死こいて作り上げたくせに、働けだの働く場所がないだの言ってるのはちゃんちゃらおかしいわけですよ！」

完璧な結論である。働いたら負け、働いたら負け。

「……はぁ。君は相変わらずの腐れっぷりだな」

先生はひときわ大きなため息をつく。だが、すぐに何事か思いついたのか、ニヤリと笑った。

「女子から手料理の一つも振る舞われれば君の考えも変わるかもしれんな……」

そう言って立ち上がると俺の肩をぐいぐい押して、職員室の外へと連れていく。

「ちょ、ちょっと！　何するんですか！　痛い！　痛いっつーの！」

「奉仕部で勤労の尊さを学んできたまえ」

ぎりぎりと万力で締め付けるような圧力で俺の肩を締め付けて、最後に力いっぱいどんと押し出された。

何すんですかと文句の一つも言おうと振り返ると、無情にも扉がぴしゃりと閉じられる。例の異論反論抗議質問口答えを認めない、というやつである。

このままばっくれたろか、と思った瞬間、さっきまで握り締められていた肩がずきっと痛んだ。……逃げたらまた殴られるんだろうな。このわずかな期間で俺に条件反射を組み込むとは恐ろしい人間である。

仕方なく俺は最近入部した謎の部活、奉仕部とやらへ顔を出すことにした。部を名乗りながら活動内容がさっぱりわからない。ついでに、部長のキャラはもっとわからない。

あいつ、なんなわけ。

×　×　×

いつものように部室では雪ノ下(ゆきのした)が本を読んでいた。

軽く挨拶(あいさつ)だけを交わすと、俺は雪ノ下からやや距離を取った場所に椅子(いす)を持ってきて腰かける。鞄(かばん)から取り出したるは数冊の本。

今や奉仕部は完全に少年のための読書クラブと化していた。

で、結局、本当に何する部活なの、ここ。勝負とかいうのどこ行ったんだよ？

その疑問の答えは唐突に、来訪者の弱々しいノックの音とともにやってきた。

「どうぞ」

雪ノ下はページを繰(く)る手を止めて几帳面(きちょうめん)に栞(しおり)を挟みこむと、扉に向かって声をかけた。

「し、失礼しまーす」

緊張しているのか、少し上ずった声だった。

からりと戸が引かれて、ちょこっとだけ隙間(すきま)が開いた。そこから身を滑り込ませるようにして彼女は入ってきた。まるで誰かに見られるのを嫌うかのような動きだ。

肩までの茶髪に緩くウェーブを当てて、歩くたびにそれが揺れる。探るようにして動く視線は落ち着かず、俺と目が合うと、ひっと小さく悲鳴を上げた。

……俺はクリーチャーかよ。

「な、なんでヒッキーがここにいんのよ!?」

「……いや、俺ここの部員だし」

っつーか、ヒッキーって俺のこと？　その前にこいつ誰？

正直言ってまるで覚えがない。

というのも、彼女、まさに今時のジョシコウセイって感じでこの手の女子はよく見かけるのだ。つまり、青春を謳歌している派手めな女子。短めのスカートに、ボタンが三つほど開けられたブラウス、覗いた胸元に光るネックレス、ハートのチャーム、明るめに脱色された茶髪、そのどれもが校則を完全に無視した出で立ちだった。

俺にその手の女子との交流はない。なんならどの手の女子とも交流はない。

でも、向こうは俺のことを知っている風だし、「すいません、どちら様ですか?」とは聞けない雰囲気だった。

と、そこで胸元のリボンの色が赤なのに気づく。この学校は三学年それぞれ割り当てられたリボンがあり、それで学年の区別がつく。赤は俺と同じく、二年生ということだ。

……別にリボンにまっさきに気づいたのは胸を見ていたわけじゃなくて、偶然目に入っただけだからね？　ちなみにけっこうでかい。

「まぁ、とにかく座って」

俺はさりげなく椅子を引いて、彼女に席を勧める。やたら紳士的なのはやましい気持ちをごまかすためなんかではなく、もちろん俺の純粋な優しさであることは強調しておきたい。もうね、俺ってば超紳士。その証拠によく紳士服着てるし。

「あ、ありがと……」

彼女は戸惑った様子ながらも、勧められるままに椅子にちょこんと座る。正面に座っている雪ノ下が彼女と視線を合わせた。

「由比ヶ浜結衣さん、ね」

「あ、あたしのこと知ってるんだ」

彼女、由比ヶ浜結衣は名前を呼ばれてぱっと表情を明るくする。雪ノ下に知られていることは彼女の中で一つのステイタスらしい。

「お前よく知ってるなぁ…。全校生徒覚えてんじゃねぇの？」

「そんなことはないわ。あなたのことなんて知らなかったもの」

「そうですか……」

「別に落ち込むようなことではないわ。むしろ、これは私のミスだもの。あなたの矮小さに目もくれなかったことが原因だし、何よりあなたの存在からつい目を逸らしたくなってしまった私の心の弱さが悪いのよ」

「ねぇ、お前それで慰めてるつもりなの？　慰め方が下手すぎるでしょう？　最後、俺が悪いみたいな結論になってるからね？」

「慰めてなんかいないわ。ただの皮肉よ」

雪ノ下はそれこそこちらに目もくれずに、肩にかかった髪をさっと手で払った。

「なんか……楽しそうな部活だね」

由比ヶ浜がなんかきらきらした目で俺と雪ノ下を見ている。……この子、頭の中お花畑なのかな。

「別に愉快ではないけれど……。むしろその勘違いがひどく不愉快だわ」

雪ノ下も冷ややかな視線を送っている。それを受けて由比ヶ浜はあわあわ慌てながら両手をぶんぶん振る。

「あ、いやなんていうかすごく自然だなって思っただけだからっ！　ほら、そのー、ヒッキーもクラスにいるときと全然違うし。ちゃんと喋るんだーとか思って」

「いや、喋るよそりゃ……」

そんなにコミュニケーション能力なさそうに見えますか……。

「そういえばそうだったわ。由比ヶ浜さんもＦ組だったわね」

「え、そうなん」

「まさかとは思うけど、知らなかったの？」

雪ノ下の言葉に由比ヶ浜がぴくりと反応する。

やっべー。

同じクラスの人が自分のことをまったく覚えていなかった悲しみは俺が誰よりも知っている。だから、彼女にそんな悲しい思いはさせまいとなんとかごまかすことにした。

「し、知ってるよ」

「……なんで目逸らしたし」

由比ヶ浜はジト目で俺を見る。

「そんなんだから、ヒッキー、クラスに友達いないんじゃないの？　キョドり方、キモいし」

ああ、この人を馬鹿にしくさった視線には覚えがあるわ。確かにクラスの女子がこんな汚物を見るような目でときどき俺を見る。あのサッカー部なんかとよくつるんでいる連中のうちの一人なんだろう。

なんだ。じゃあ俺の敵じゃねぇか。気を使って損した。

「……このビッチめ」

思わず小声で毒づくと由比ヶ浜が嚙みついてきた。

「はぁ？　ビッチって何よっ！　あたしはまだ処――う、うわわ！　な、なんでもないっ！」

由比ヶ浜は顔を真っ赤にして、ばさばさと手を動かして今しがた口にしかけた言葉を搔き消そうとする。ただのアホの子だった。その慌てぶりを助けるつもりなのか雪ノ下が口を挟む。

「別に恥ずかしいことではないでしょう。この年でヴァージ――」

「わーわーわー！　ちょっと何言ってんの!?　高二でまだとか恥ずかしいよ！　雪ノ下さん、女子力足んないんじゃないの!?」

「…………くだらない価値観ね」

おお、なんか知らんが雪ノ下の冷たさがぐっと増した。

「にしても、女子力って単語がもうビッチくさいよな」

「また言った！　人をビッチ呼ばわりとかマジありえない！　ヒッキー、マジでキモい！」

由比ヶ浜は悔しそうにう〜っと小さく唸りながら、涙目でこっちを見てくる。

「ビッチ呼ばわりと俺のキモさは関係ねーだろ。あとヒッキーって言うな」

まるで俺が引きこもってるみたいじゃねーか。……あ、これ悪口で言われてたのね。たぶんクラスで使われてる俺の蔑称なんだろうな。

……なにそれひどくね、今ちょっと泣きそうになっちゃったよ俺。

陰口はよくない。

だから俺は目の前ではっきり言ってやるのだ。直接聞かせないとダメージを与えられないからな！

「このビッチが」

「こっの…っ！　ほんとウザい！　っつーかマジキモい！　死ねば？」

この言葉には普段温厚でまったくキレない安全カミソリみたいな俺でもさすがに押し黙った。世の中には言うべきではない言葉も多く存在する。特に人様の命に関わる言葉はとても強く作用する。誰かの命を背負う覚悟がないならけっして口にするべきではない。

由比ヶ浜を諌めるために、わずかな沈黙の後、確かな怒りを込めて重々しく口を開いた。

「死ねとか殺すとか軽々しく言うんじゃねぇよ。ぶっ殺すぞ」

「——あ…、ご、ごめん。そういうつもりじゃ……えっ!?　今言ったよ！　超言ってたよ！」

気づいちゃいたが由比ヶ浜はアホの子だった。しかし、意外なことにちゃんと謝れる子であるらしい。

少し見た目の印象と違うように思う。てっきり彼女が属するグループ、あのサッカー部の連中やその周囲の人間同様に、遊ぶこととセックスとドラッグのことで常に頭がいっぱいだと思っていたのに。村上龍の小説かよ。

由比ヶ浜ははしゃぎ疲れたのか、ふぅと短くため息をつく。

「……あのさ、平塚先生から聞いたんだけど、ここって生徒のお願いを叶えてくれるんだよね？」

かすかな沈黙の後、由比ヶ浜はそう切り出した。

「そうなのか？」

てっきり本を読んだりだらだらする部活だと思ってたぜ。

雪ノ下は俺の疑問は一切無視して由比ヶ浜の質問に答える。

「少し違うかしら。あくまで奉仕部は手助けをするだけ。願いが叶うかどうかはあなた次第」

その言葉はいささか冷たく突き放したようだった。

「どう違うの？」

怪訝な表情で由比ヶ浜が問う。それはまさしく俺の疑問でもあった。

「飢えた人に魚を与えるか、魚の獲り方を教えるかの違いよ。ボランティアとは本来そうした方法論を与えるもので結果のみを与えるものではないわ。自立を促す、というのが一番近いのかしら」

道徳の教科書に出てきそうな話だった。

どこの学校にも掲げられているお題目、自立と協力を実践するための部活、という位置づけでだいたいの理解は合っているはずだ。まぁ、先生も勤労がうんたら言ってたし、要は生徒のために働く部活ってことなんだろう。

「な、なんかすごいねっ！」

由比ヶ浜はほえーっと目から鱗で納得しましたっ！　って表情をしている。なんだか将来悪い宗教とかに引っかかりそうでちょっと心配だ。

何の科学的根拠もない話ではあるけれど、巨乳の子は往々にして……という俗説も世の中には存在するが、その一例に加えてもよさそうだ。

かたや、塗り壁みたいな胸をした知性明晰にして怜悧極まる雪ノ下。相も変わらず、冷たい微笑を浮かべていた。

「必ずしもあなたのお願いが叶うわけではないけれど、できる限りの手助けはするわ」

その言葉で本題を思い出したのか、由比ヶ浜はあっと声をあげる。

「あのあの、あのね、クッキーを……」

言いかけて俺の顔をちらっと見る。

別に俺はクッキーじゃない。クラスでは空気扱いだから語感は似てるが違うものだ。

「比企谷くん」

雪ノ下がくいっと顎で廊下のほうを指し示した。失せろという合図だ。そんなブロックサインを使わなくても「目障りだから席を外してもらえるかしら、二度と戻ってこないでくれると嬉しいのだけれど」って優しく言えばいいだろうが。

女の子同士でしか話せないなら仕方がない。世の中にはそういうこともあるだろう。ヒントは、「保健体育」「男子を排除」「女子だけ別教室で授業」。つまりはそういうことである。

……あれってどんな授業してたんだろうなぁ、未だに気になる。

「……ちょっと『スポルトップ』買ってくるわ」

空気を察してさりげなく行動するとか我ながら優しすぎる。俺が女子なら絶対惚れる。

すると、さすがの雪ノ下も思うところがあったのか、扉に手をかけた俺の背中に言葉を投げかける。

「私は『野菜生活100いちごヨーグルトミックス』でいいわ」

ナチュラルに人をパシるとか雪ノ下さんマジぱないわ。

×　　×　　×

特別棟の三階から一階までは往復で十分かからないくらいだ。ゆっくりだらだら歩いていれば、彼女たちの話も終わるだろう。

どんな人間であれ、これが初めての依頼人。つまり、俺と雪ノ下の例の勝負とやらの始まりである。まぁ、勝てるはずがないのであとはどれだけこちらの傷を少なくできるかにだけ気をつけていればいい。

購買の前にある怪しげな自販機には、そこいらのコンビニでは見かけることのない紙パックに詰まった謎のジュースがある。限りなく何かに似たそれらはこれでなかなかうまかったりするから油断ならない。

とりわけ、スポルトップの駄菓子的テイストは昨今のカロリーオフ、ノンシュガーの風潮に真っ向から挑んでいて、俺はその反骨精神が気に入っていた。

味はそれなり。

ウォンウォンと空中要塞みたいな唸りをあげる自販機に百円玉を投入した。スポルトップ、野菜生活と購入してから、さらにもう一枚百円玉を入れる。

三人中二人だけ飲み物があるっていうのもなんだか居心地が悪い。由比ヶ浜のぶんも買ってやることにして『男のカフェオレ』のボタンを押す。

しめて三百円なり。俺の所持金のおよそ五割が失われた。俺金持ってなさすぎだろ。

× × ×

「遅い」

開口一番そう言い放ち、雪ノ下は俺の手から野菜生活をひったくって、ストローを刺すや飲み始める。

俺の手に残ったのはスポルトップと男のカフェオレ。その男のカフェオレが誰のためのものであるのか、由比ヶ浜が気づいたらしい。

「……はい」

由比ヶ浜はそう言って、ポシェットみたいな小銭入れから百円玉を取り出す。

「ああ、別にいいよ」

雪ノ下も払ってないし、何より俺が勝手に買ってきたものだ。雪ノ下からお金をもらう道理はあっても、由比ヶ浜からお金を受け取る義理はない。

その百円玉を手にする代わりに、由比ヶ浜の手にカフェオレを乗っけてやる。

「そ、そういうわけにはっ！」

頑なにお金を渡そうとするが払うの払わないのやり取りをするのは面倒だったので、そのまま雪ノ下のほうへ歩いていく。由比ヶ浜はむぅと唸ると、しぶしぶ小銭をしまった。

「……ありがと」

小さな声でお礼を言うと、えへへぇと嬉しそうにカフェオレを両手で持ってはにかんでいた。俺史における最高の感謝の言葉なんじゃないのか今の。

その笑顔はたかだか百円の対価にしては貰いすぎたかもしれない。

満足して、雪ノ下に水を向ける。

「話は終わったのか？」

「ええ、あなたがいないおかげでスムーズに話が進んだわ。ありがとう」

俺史における最低の感謝の言葉だったろ今の。

「……そいつはよかった。で、何すんの？」

「家庭科室に行くわ。比企谷くんも一緒にね」

「家庭科室？」

というと、あれか。好きな人たちでグループを作って調理実習とかいう拷問をするアイアンメイデンみたいな教室か。包丁とかガスコンロとかあるし、危険だから規制しろ規制。

「何すんの？」

体育、遠足と並んで三大トラウマ名産地の一つに好き好んでいく奴はいないと思ぅ。仲良しグループが楽しくおしゃべりしているところへ俺が入った瞬間に生まれる沈黙といったらたまったもんじゃない。

「クッキー……。クッキー焼くの」

「はぁ、クッキーを」

話がさっぱり見えないので、はぁとしか言えない。

「由比ヶ浜（ゆいがはま）さんは手作りクッキーを食べてほしい人がいるのだそうよ。でも、自信がないから手伝ってほしい、というのが彼女のお願いよ」

雪ノ下（ゆきのした）が俺の疑問を解消するように説明をくれた。

「なんで俺たちがそんなこと……、それこそ友達に頼めよ」

「う……、そ、それはその……、あんまり知られたくないし、こういうことしてるの知られたらたぶん馬鹿にされるし……。こういうマジっぽい雰囲気、友達とは合わない、から」

由比ヶ浜は視線を泳がしながら答えた。

ふぅ、と小さくため息をついてしまった。

正直言って人の恋路ほどどうでもいいものもない。誰が誰を好きかなんて知るくらいなら英単語の一つでも覚えていたほうがよっぽど有意義だ。ましてや手伝いをするなんて問題外。

とまぁ、そんなことを思ってしまう程度にはこういったコイバナには興味がない。

二人だけで話すっていうからどんな深刻な話だったのかと思えば、これだよ……。いや、安心したと言ってもいい。正直、恋愛の悩みなんてものは「頑張んなよ～、絶対いけるって～」とか言ってりゃいいのだ。で、うまくいかなかったら「あの男マジサイテーだよね～」とか言っておけばいいんでしょう?

「はっ」

思わず鼻で笑ってしまうと、由比ヶ浜と目が合った。

「あ、あう……」

由比ヶ浜は言葉を失って俯いた。スカートの裾をきゅっと握り締めて、少し肩を震わせている。

「あ、あはは―、へ、変だよねー。あたしみたいなのが手作りクッキーとかなに乙女ってんだよって感じだよね。……ごめん、雪ノ下さん、やっぱいいや」

「あなたがそう言うのなら私は別に構わないのだけれど……。――ああ、この男のことは気にしなくてもいいわ。人権はないから強制的に手伝わせるし」

どうやら俺に日本国憲法は適用されないらしい。どこのブラック企業だよ。

「いやーいいのいいの！　だって、あたしに似合わないし、おかしいよ……。優美子とか姫菜とかにも聞いたんだけどさ、そんなの流行んないっていうし」

そう言って由比ヶ浜はちらりと俺を見た。そのしゅんと萎れた姿に追い討ちをかけるように雪ノ下が口を開いた。

「……そうね。確かにあなたのような派手に見える女の子がやりそうなことではないわね」

「だ、だよねー。変だよねー」

たはは、と人の顔色を窺うようにして由比ヶ浜は笑う。伏し目がちな視線が不意に俺とぶつかった。そんな目で見られると何か答えを求められている気がしてくる。

「……いや別に変とかキャラじゃないとか似合わないとか柄でもないとかそういうことが言いたいんじゃなくてだな、純粋に興味がねぇんだ」

「もっとひどいよ！」

バンッと机を叩いて由比ヶ浜が憤慨する。

「ヒッキー、マジありえない！　あー、腹立ってきた。あたし、やればできる子なんだからねっ！」

「それは自分で言うことじゃねぇぞ。母ちゃんとかがしみじみ潤んだ目でこっちを見ながら言うもんだ。『あんたもやればできる子だと思ってたんだけどねぇ……』みたいな感じで」

「あんたのママ、もう諦めちゃってるじゃん！」

「妥当な判断ね」

由比ヶ浜がぶわっと目に涙を溜め、雪ノ下がうんうんと大きく頷きながらなんか言ってた。ほっとけ。

でも確かに諦められちまうのも悲しいよな。由比ヶ浜がやる気になっているのに水を差すのも悪い気がするし、勝負のこともある。渋々協力を申し出た。

「まぁ、カレーくらいしか作れねーが手伝うよ」

「あ……ありがと」

由比ヶ浜がほっと胸を撫で下ろす。

「別にあなたの料理の腕に期待はしてないわ。味見して感想をくれればいいのよ」

雪ノ下の言うように一男子の意見を述べよということであれば、俺がどうにかできる部分もあるはずだ。甘いものが苦手な男子も数多くいるし、男の味覚に合わせるという意味では役に立てるだろう。

それに俺はたいていのものならうまいと感じるくらい素直な人間だしな。

……それ役に立つの？

×　　×　　×

家庭科室はバニラエッセンスの甘い匂いに包まれていた。

雪ノ下は勝手知ったる様子で冷蔵庫を開けて、卵やら牛乳やらを持ってくる。他にも秤やらボウルを取り出し、お玉やよくわからん謎の調理器具をかちゃかちゃ準備を始めた。

どうやらこの完璧超人、料理の腕も半端じゃないらしい。

手早く準備を終えると、ここからが本番とばかりにエプロンを着けた。

由比ヶ浜も同じように着けるが、着慣れていないのか紐の結び目が出鱈目だ。

「曲がってるわ。あなた、エプロンもまともに着られないの？」

「ごめん、ありがと。……えっ!?　エプロンくらい着れるよっ！」

「そ、ならちゃんと着なさい。適当なことをしているとあの男のように取り返しがつかないことになるわよ」

「人を躾の道具に使うな。俺はなまはげかよ」

「初めて人の役に立てたのだからもっと喜びなさいよ。……ああ、なまはげと言っても別に比企谷くんの頭皮に対して何か含むところがあるわけではないから安心してね」

「最初から心配してねーよ……。やめろよ、優しげな笑顔で俺の髪を見るなよ……」

普段なら絶対に見せない雪ノ下の微笑みから逃れようと俺は自分の生え際をさっと押さえた。

その様子をくすくすと笑う声がする。由比ヶ浜は相変わらずだらっとしたエプロン姿のま
ま、俺と雪ノ下を少し離れた場所から観察している。

「まだ着ていないの？　それともやっぱり着られないの？　……はぁ、結んであげるからこ

っちに来なさい」

呆れた表情で雪ノ下はちょいちょいと由比ヶ浜を手招きする。

「……いいの、かな」

由比ヶ浜は俺と雪ノ下を交互に見て、ほんのわずか、躊躇したように呟いた。自分の居場所がわからなくて不安がる子供のように見える。

「早く」

そんな逡巡をぶち壊したのは雪ノ下の冷たい声音だった。苛立っているのか、ちょっと怖いんですけど。

「ごごごめんなさい！」

ぴゅうっと由比ヶ浜が雪ノ下の下へと走る。子犬かお前。

雪ノ下が後ろに回り、きゅっと結びなおす。

「なんか……雪ノ下さん、お姉ちゃんみたいだね」

「私の妹がこんなに出来が悪いわけがないけれどね」

ため息をついて憮然とした表情の雪ノ下だが、案外由比ヶ浜の例えは間違っていない気がする。大人びた雰囲気の雪ノ下と童顔の由比ヶ浜の取り合わせはわりかし姉妹っぽい。

それにしても、何とも家庭的な感じがする。

あと、裸エプロンがいいなんて言い出すのはオッサンだけで、むしろ、制服にエプロンこそは至高だと思う。

心が温まっていくのを感じて、不覚にもにへらっと笑ってしまった。

「あ、あのさ、ヒッキー……」

「な、なにかね？」

しまった。気持ち悪い笑顔になっていたかもしれない。思わず返事が上ずって気持ち悪さが段違いに増す。負の相乗効果が発動していた。

「か、家庭的な女の子って、どう思う？」

「別に嫌いじゃねぇけど。男ならそれなりに憧れるもんなんじゃねぇの」

「そ、そっか……」

それを聞いて由比ヶ浜は安心したように微笑んだ。

「よーしっ！　やるぞー」

ブラウスの袖をまくり、卵を割って、かき混ぜる。小麦粉を入れ、さらに砂糖、バター、バニラエッセンスなどの材料も加えていく。

料理にそれほど詳しくない俺でもはっきりとわかるくらい、由比ヶ浜の腕前は尋常離れしたものだった。クッキーごときで大げさなと思うかもしれないが、シンプルなものだからこそ、力量の差が見えやすい。ごまかしのきかない本当の実力というものが見えるのだ。

まず溶き卵。殻が入っている。

続いて小麦粉。ダマになっている。

さらにバター。固形のまま。

砂糖は当たり前のように塩にすり替わっているし、バニラエッセンスはどぼどぼ入っているし、牛乳はたぷたぷしている。

ふと雪ノ下のほうを見ると、彼女は青い顔をして額を押さえている。料理スキルの低い俺ですら背筋に寒いものが走っているのだ。料理の得意な雪ノ下にしてみれば戦慄ものだろう。

「さて、と……」

言って由比ヶ浜はインスタントコーヒーを取り出した。

「コーヒーか。まぁ、飲み物があったほうが食は進むもんな。気が利いてるじゃんか」

「はぁ？　違うんですけど。これ隠し味だから。男子って甘いもの苦手な人多いじゃん？」

由比ヶ浜は作業しながら俺のほうに向き直る。すると、当然視線は手元から外れるわけで、気づけばボウルの中には黒い山ができていた。

「全っ然隠れてねぇ！」

「え？　あー。じゃあ砂糖を入れて調整するよ」

そう言って、黒い山の横に白い山を築き上げる。それを溶き卵の大津波が飲み込んで、地獄が作り上げられていた。

結論から言おう。由比ヶ浜には料理のスキルが欠如していた。足りる足りないの問題ではなく、最初から存在していない。

由比ヶ浜は不器用な上に大雑把で無駄に独創的というおよそ料理をするのに向かない人間だった。こいつとだけは化学の実験をやりたくない。うっかり人が死ぬレベル。

例のブツが焼きあがったころにはなぜか真っ黒なホットケーキみたいなものができている。もう匂いからして苦い。

「な、なんで?」

由比ヶ浜が愕然とした表情で、物体Xを見つめている。

「理解できないわ……。どうやったらあれだけミスを重ねることができるのかしら……」

雪ノ下が呟く。小声であるあたり、由比ヶ浜に聞こえないように配慮はしているのだろう。それでも、我慢しきれずに漏れ出たという感じだった。

由比ヶ浜は物体Xを皿に盛りつける。

「見た目はあれだけど……食べてみないとわからないよね!」

「そうね。味見してくれる人もいることだし」

「ふははは! 雪ノ下。お前にしては珍しい言い間違いだな。……これは毒見と言うんだ」

「どこが毒よっ! ……毒、うーんやっぱ毒かなぁ?」

威勢よく突っ込んだわりに見た目が不安なのか由比ヶ浜は小首を傾げて「どう思う?」みたいな視線を向けてきた。

　そんなの答えるまでもないだろ。俺は由比ヶ浜の子犬チックな視線を振り切って雪ノ下に水を向ける。

「おい、これマジで食うのかよ。ジョイフル本田で売ってる木炭みたいになってんぞこれ」

「食べられない原材料は使ってないから問題ないわ、たぶん。それに」

　雪ノ下がそこで言葉を切ってから耳打ちしてくる。

「私も食べるから大丈夫よ」

「マジで？　お前ひょっとしていい奴なの？　それとも俺のことが好きなの？」

「……やっぱりあなたが全部食べて死になさいよ」

「すまん、気が動転しておかしなことを口走りました」

　お菓子だけに。……いや、目の前の物体がお菓子なのか微妙だけど。

「私はあなたに試食をお願いしたわけで処理をお願いしたわけではないもの。それに、彼女のお願いを受けたのは私よ？　責任くらいとるわ」

　そう言って雪ノ下は皿を自分の側に引き寄せる。

「何が問題なのかを把握しなければ正しい対処はできないのだし、知るためには危険を冒すのも致し方ないことよ」

　鉄鉱石ですと言われても信じてしまいそうな黒々とした物体を雪ノ下が摘みあげてから、俺を見た。心なしか目がちょっと潤んでいる。

「……死なないかしら？」

「俺が聞きてぇよ……」

そう言いながら由比ヶ浜のほうを見ていると、由比ヶ浜は仲間になりたそうな目でこちらを見ていた。……ちょうどいい。こいつも食えばいいんだ。人の痛みを知れ。

×　×　×

由比ヶ浜の作ったクッキーはぎりぎり食べることができた。

マンガみたいに食べた瞬間ゲロを吐いて倒れるようなことはなく、むしろ気絶できるだけ幸せだよな、と思わせるリアルな不味さだった。いっそ倒れてしまえばそれ以上食べずにすむのに。

秋刀魚の腸なんて入ってましたっけ？　と疑問がよぎる出来栄えだが、その程度なので少なくとも食べて即死することはなかった。しかしながらもっと長期的な目で見ればこれを摂取したことにより発癌リスクが高まり数年後に発症したとしてもおかしくはない。

「うぅ～、苦いよ不味いよ～」

涙ながらにぽりぽり音を立てて齧る由比ヶ浜。雪ノ下がすぐさまティーカップを渡した。

「なるべく嚙まずに流し込んでしまったほうがいいわ。舌に触れないように気をつけて。劇薬みたいなものだから」

さらりとひどいこと言うなこいつ。

こぽこぽと沸いたケトルからお湯を注ぎ、雪ノ下が紅茶を淹れてくれた。

それぞれが割り振られたノルマを達成して、紅茶で口直しをする。ようやくひと心地ついてため息が漏れた。

その弛緩した空気を引き締めるように雪ノ下が口を開いた。

「さて、じゃあどうすればより良くなるか考えましょう」

「由比ヶ浜が二度と料理をしないこと」

「全否定された!?」

「比企谷くん、それは最後の解決方法よ」

「それで解決しちゃうんだ!?」

驚愕の後に落胆する由比ヶ浜。がっくりと肩を落として深いため息をつく。

「やっぱりあたし料理に向いてないのかな……。才能ってゆーの？　そういうのないし」

それを聞いて雪ノ下がふうっと短いため息をついた。

「……なるほど。解決方法がわかったわ」

「どうすんだ？」

尋ねてみると、雪ノ下は平然と答えた。

「努力あるのみ」

「それ解決方法か？」

俺が思う限りでは努力というのは最低の解決方法だ。

もう頑張るしかない、その他のどんな要素も入りえない、それは逆に言えばもはや為す術なしという意味でしかない。はっきり言って無策と変わらないのだ。いっそ見込みがないからやめろと言ってもらったほうがよほど楽だ。無駄な努力ほど虚しいものはない。だったら引導を渡してやってそのぶんの時間と労力を他のことに注いだほうが効率がいい。

「努力は立派な解決方法よ。正しいやり方をすればね」

雪ノ下が俺の考えを読み取ったように言う。お前エスパーかよ。

「由比ヶ浜さん。あなたさっき才能がないって言ったわね？」

「え。あ、うん」

「その認識を改めなさい。最低限の努力もしない人間には才能がある人を羨む資格はないわ。成功できない人間は成功者が積み上げた努力を想像できないから成功しないのよ」

雪ノ下の言葉は辛辣だった。そして、反論を許さないほどにどこまでも正しい。

由比ヶ浜はうっと言葉に詰まる。ここまで直接的に正論をぶつけられた経験なんてないんだろう。その顔には戸惑いと恐怖が浮かんでいる。

それをごまかすように由比ヶ浜はへらっと笑顔を作った。

「で、でもさ、こういうの最近みんなやんないって言うし。……やっぱりこういうの合ってないんだよ、きっと」

へへっと由比ヶ浜（ゆいがはま）のはにかみ笑いが消えそうになったとき、カタッとカップが置かれる音がした。それはとても物静かで小さな音でしかないのに、透き通った氷のような音色だった。有無を言わさず音の主へと視線が引き寄せられる。そこには冴（さ）え冴えとした怜悧（れいり）な雰囲気を放つ雪ノ下（ゆきのした）がいる。

「……その周囲に合わせようとするのやめてくれるかしら。ひどく不愉快だわ。自分の不器用さ、無様さ、愚かしさの遠因を他人に求めるなんて恥ずかしくないの?」

雪ノ下の語調は強かった。はっきりとした嫌悪が滲（にじ）み出ていて、さすがの俺も「う、うわぁ」と小声で漏（も）らすほどリアルに引いた。

「……」

由比ヶ浜は気圧（けお）されて黙り込む。俯（うつむ）いてしまって表情こそうまく読み取れないが、ただスカートの端をきゅっと握り締める手が彼女の心を表わしていた。

きっと彼女はコミュニケーション能力が高いのだろう。クラスでも派手なグループに属すほどなのだから単純な容姿の他に協調性も必要とされる。ただ、それは裏を返せば人に迎合することがうまい、つまり、孤独というリスクを背負ってまで自己を貫く勇気に欠けるということでもある。

　一方で、雪ノ下はそれこそ我が道を行く人間だ。その突破力は折り紙つき。一人であることをむしろ誇らしいことでもあるかのように振る舞う。

　まったくタイプの違う女の子なのだ。

　パワーバランスでいえば明らかに雪ノ下のほうが強い。正論だし。

　由比ヶ浜の瞳が潤んでいた。

「か……」

　帰る、とでも言うのだろうか。今にも泣き出しそうなか細い声が漏れた。肩が小刻みに震えているせいで、その声もゆらゆらと頼りなげだ。

「かっこいい……」

「「は?」」

　俺と雪ノ下の声が重なった。こいつ、何言ってんの？　思わず二人して顔を見合わせてしまう。

「建前とか全然言わないんだ……。なんていうか、そういうのかっこいい……」

　由比ヶ浜が熱っぽい表情で雪ノ下をじっと見つめる。当の雪ノ下はといえば強張った表情で二歩ほど後ろに下がっていた。

「な、何を言ってるのかしらこの子……。話聞いてた？　私、これでも結構きついことを言ったつもりだったのだけれど」

「ううん！　そんなことない！　あ、いや確かに言葉はひどかったし、ぶっちゃけ軽く引いたけど……」

うん、まぁそうだよね。正直、雪ノ下が女の子相手にあそこまで言うと思わなかったわ。軽くどころか俺は相当引いてた。だが、由比ヶ浜はただ引いただけではなかったらしい。

「でも、本音って感じがするの。ヒッキーと話してるときも、ひどいことばっかり言い合ってるけど……ちゃんと話してる。あたし、人に合わせてばっかだったから、こういうの初めてで……」

由比ヶ浜は逃げなかった。

「ごめん。次はちゃんとやる」

謝ってからまっすぐに雪ノ下を見つめ返す。

予想外の視線に今度は逆に雪ノ下が声を失った。

「……」

たぶん雪ノ下にとっては初めての体験だったろう。正論をぶつけて、ちゃんと謝ってくる人間は案外少ない。たいていは顔を真っ赤にしてむきーっ！　となるしな。

雪ノ下はふいっと視線を横に流して、手櫛で髪を払う。何か言うべき言葉を探して、けれども見つからないといった風情だ。……こいつ、アドリブ弱ぇーなマジで。

「……正しいやり方ってのを教えてやれよ。由比ヶ浜もちゃんと言うこと聞け」

二人の無言を壊すように俺が言うと、ふっと短いため息をついて、雪ノ下が頷く。

「一度お手本を見せるから、その通りにやってみて」

そう言って立ち上がると雪ノ下は手早く準備を始めた。

ブラウスの袖をまくり、卵を割って、かき混ぜる。きっちり分量を量った小麦粉を粉ふるいにかけてダマにならないように溶いていく。さらに、砂糖、バター、バニラエッセンスなどの材料も加えていく。

その手際たるや先ほどの由比ヶ浜とは比べ物にならない。

あっという間に生地を作ると、ハートやら星やら丸やら型抜きで抜いていく。

オーブンの天板にはすでにシートが敷かれていた。そこへ慎重に生地をのせると、予熱してあったオーブンへ入れる。

しばらくすると、得も言われぬよい香りがしてきた。

下準備が完璧にできていれば結果は推して知るべし。

果たして、焼きあがったクッキーは見目麗しいものだった。

それをお皿に移して、雪ノ下がすっと差し出してきた。

綺麗なキツネ色に焼かれたクッキーはこれぞまさしくクッキーと呼ぶにふさわしい。ス○ラおばさんのクッキーみたいに良くできたものだった。

ありがたく頂戴する。

一つ手に取って口に入れると、自然と顔がほころんだ。

「うまっ！　お前何色パティシエールだよっ⁉」

正直な感想が漏れた。

手が止まらない。もう一つ口にする。無論うまい。女子の手作りクッキーなどたぶん二度と食べる機会がないのでここぞとばかりにもう一つ口にする。由比ヶ浜のはクッキーじゃなかったのでノーカウントだ。

「ほんとおいしい……。雪ノ下さんすごい」

「ありがとう」

雪ノ下はにっこりと何の嫌味もなく微笑んだ。

「でもね、レシピに忠実に作っただけなの。だから、由比ヶ浜さんにもきっと同じように作れるわ。むしろできなかったらどうかしてると思うわ」

「もうこれ渡しとけばいいんじゃねーの」

「それじゃ意味ないでしょう。さ、由比ヶ浜さん。頑張りましょう」

「う、うん。……ほんとにできるかな？　あたしにも雪ノ下さんみたいなクッキー作れる？」

「ええ。レシピどおりにやればね」

しっかり釘をさすことも忘れない雪ノ下。

そして、由比ヶ浜のリベンジが始まる。

先ほどの雪ノ下の焼き直しのように同じ工程、同じ挙動を取る。クッキーだけに焼き直しとかちょっとうまいこと言ってしまった。

できあがるクッキーもさぞかしうまいことだろう。うまいこと言っただけに。

だが……。

「由比ヶ浜さん、そうじゃなくて粉をふるうときはもっと円を描くように。円よ円。わかる？　ちゃんと小学校で習った？」

「かき混ぜるときにちゃんとボウルを押さえて。ボウルごと回転してるから、全然混ざってないから。回すんじゃなくて切るように動かすの」

「違うの、違うのよ。隠し味はいいの、桃缶とかは今度にしましょう。そんな水分入れたら生地が死ぬわ。死地になるわ」

雪ノ下が、あの雪ノ下雪乃が混乱していた。疲弊していた。

どうにか生地をオーブンに入れたときには肩で息をしていた。いつもの鉄面皮が剥がれて、額に汗が浮かんでいる。

オーブンをオープンすると、さっきとよく似たいい匂いが立ち込める。だが……。

「なんか違う……」

由比ヶ浜がしょんぼりと肩を落とす。食べ比べてみれば確かに先ほど雪ノ下が作ったものとは明らかに違う。

だが充分にクッキーと呼んでいいレベルのものができている。さっきの木炭まがいのものに比べれば随分とマシになった。正直、普通に食べるぶんには別に文句はない。

けれど、由比ヶ浜(ゆいがはま)も雪ノ下(ゆきのした)も納得がいかないようだった。

「……どう教えれば伝わるのかしら？」

雪ノ下がうんうん唸(うな)りながら首を捻(ひね)る。

その様子を見ながらふと思ったんだが、こいつあれだ。教えるのがうまくねぇ。

端的に言ってしまえば、雪ノ下は天才であるが故(ゆえ)にできない人間の気持ちが微塵(みじん)もわからない。なんでそんなところに躓(つまず)くのか理解ができないのだ。

レシピどおりに作るだけ、というのは数学で言えば公式に当てはめるだけ、と同じことだ。だが、数学が苦手な者にとってみればまず公式の存在理由がわからない。その公式がどうして答えを導き出す存在なのかが理解できない。

雪ノ下にとってみれば、由比ヶ浜がなぜ理解できないのかが理解できない。

こう言ってしまうと雪ノ下に非があるように聞こえるかもしれない。

けどそれは違う。雪ノ下はよく頑張った。

問題はこいつだ。

「なんでうまくいかないのかなぁ……。言われたとおりにやってるのに」

心底不思議そうな顔をして由比ヶ浜はまたクッキーに手を伸ばした。

本当に頭のいい奴は人に教えるのも上手だとか、どんなバカにもわかるように説明するというが、そんなのは嘘っぱちだ。

なぜなら、残念な奴に何を言っても残念な奴は残念だから理解ができない。

何度繰り返してもその溝が埋まることはない。

「うーん、やっぱり雪ノ下さんのと違う」

由比ヶ浜は落ち込み、雪ノ下は頭を抱えている。

俺は二人の様子を見つつ、クッキーをもう一つ齧った。

「あのさぁ、さっきから思ってたんだけど、なんでお前らうまいクッキー作ろうとしてんの？」

「はぁ？」

由比ヶ浜は「こいつ何言ってんの？　童貞？」みたいな顔でこっちを見た。あまりに馬鹿にしくさった表情だったので、ちょっとイラッときてしまった。

「お前、ビッチのくせに何もわかってないの？　バカなの？」

「だからビッチ言うなっつーの！」

「男心がまるでわかってないのな」

「し、仕方ないでしょ！　付き合ったことなんてないんだから！　そ、っそりゃ友達にはつ、付き合ってる子とか結構いるけど……そ、そういう子たちに合わせてたらこうなってたし……」

由比ヶ浜の声は見る間に小さくなっていき、もう全然聞き取れない。はっきり喋れはっきり。お前、授業で指されたときの俺かよ。

「別に由比ヶ浜さんの下半身事情はどうでもいいのだけれど、結局、比企谷くんは何が言いたいの？」

や下半身事情って。最近、電車の中吊り広告でもなかなか見かけねーぞその単語。お前いくつだよ。

充分にためを作ってから俺は勝ち誇ったように笑った。

「ふぅー、どうやらおたくらは本当の手作りクッキーを食べたことがないと見える。十分後、ここへきてください。俺が〝本当〟の手作りクッキーってやつを食べさせてやりますよ」

「何ですって……。上等じゃない。楽しみにしてるわ！」

自分のクッキーが否定されたのがカチンと来たのか、そう言って由比ヶ浜は雪ノ下を引っ張って廊下へと消えていく。

さて、と。これで勝負は俺のターン。つまり、究極の悩み相談と至高の悩み相談の頂上決戦である。

×　　×　　×

しばらくの後、家庭科室は剣呑な雰囲気に包まれていた。

「これが『本当の手作りクッキー』なの？　形も悪いし、不揃いね。それにところどころ焦げているのもある。——これって……」

雪ノ下が怪訝な表情でテーブルの上の物体を眺めている。その脇から由比ヶ浜がひょいと覗き込んできた。

「ぷはっ、大口叩いたわりに大したことないとかマジウケるっ！　食べるまでもないわっ！」

由比ヶ浜はいきなり嘲笑する……ていうかむしろ爆笑していた。てめぇ後で覚えとけよ……。

「ま、まぁ、そう言わず食べてみてくださいよ」

ひくひくと動きそうになる口角を押さえつけて余裕の笑みを崩さない。準備は万全だと、逆転の一手があると、勝利の確信を得ていると、その笑顔で物語ってやる。

「そこまで言うなら…」

由比ヶ浜は恐る恐るクッキーを口にした。雪ノ下も何も言わず一つ摘んだ。

サクッと小気味よい音がしたのち、一瞬の沈黙。

それは嵐の前の静けさに他ならない。

「っ！　こ、これはっ！」

由比ヶ浜の目がくわっと見開かれた。味覚が脳にまで到達し、それにふさわしい言葉を探し出そうとする。

「別に特別何かあるわけじゃないし、ときどきジャリッってする！　はっきり言ってそんなにおいしくない！」

驚きから一転、怒りへと感情が揺れ動く。その振り幅が大きかったせいか、由比ヶ浜がこちらを睨んでくる。

雪ノ下は何も言わないが俺に訝るような視線を向けている。どうやらこいつは気づいているみたいだな。

二人ぶんの視線を受け止めてから、俺はそっと目を伏せた。

「そっか、おいしくないか。……頑張ったんだけどな」

「──あ……ごめん」

俺が俯くと、由比ヶ浜も気まずそうに視線を床へと落とす。

「わり、捨てるわ」

そう言って皿をひったくってくるりと背を向けた。

「ま、待ちなさいよ」

「……何だよ？」

由比ヶ浜が俺の手を取って止めていた。そのまま俺の言葉に返事をする代わりに、その不揃いなクッキーを摑んで口に放り込んだ。

ばりばりと音を立て、じゃりじゃりとしたそれを嚙み砕く。

「べ、別に捨てるほどのもんじゃないでしょ。……言うほどまずくないし」

「……そっか。満足してもらえるか？」

俺が笑いかけると、由比ヶ浜は無言で頷いてすぐにぷいと横を向いてしまう。窓からは夕日が差し込んでいて、その顔が赤く見えた。

「まぁ、由比ヶ浜がさっき作ったクッキーなんだけどな」

「……は？」

しれっと、さらっと、真実を告げてやった。一言も俺が作ったなんて言ってないので嘘はついてない。

由比ヶ浜が間抜けな声をあげる。目が点になって口が大きく開いてむしろ間抜けだ。

「え？　え？」

目をぱちくりさせながら俺と雪ノ下を交互に見つめる。何が起こったのかさっぱり把握できていないようだ。

「比企谷くん、よくわからないのだけれど。今の茶番になんの意味があったのかしら？」

雪ノ下が不機嫌そうな面で俺を見る。

「こんな言葉がある……『愛があれば、ラブ・イズ・オーケー!!』」

俺は素敵スマイルでぐっとサムズアップした。

「古っ」

由比ヶ浜が小声で反応した。まぁ、俺が小学生のころにやってた番組だからな。雪ノ下は何のことかわからなかったらしく、はてなと小首を傾げている。

「お前らはハードルを上げすぎてんだよ」

ふっと思わず笑みがこぼれてしまう。なんだろう、この優越感。俺だけが正しい答えを知っているというこの気持ち。たまらんなぁ。ついつい饒舌になってしまう。

「フッ……。ハードル競技の主目的は飛び越えることじゃない。最速のタイムでゴールすることだ。飛び越えなきゃいけないってルールはない。ハ――――」

「言いたいことはわかったからもういいわ」

――ドルをなぎ倒そうが吹き飛ばそうが下を潜り抜けようが構いやしない。と続けようとしたのを雪ノ下に遮られた。

「今までは手段と目的を取り違えていたということね」

……なんか釈然としねぇ。だが、俺の言いたいことはまさしく雪ノ下が今言ったとおりなので、仕方なく頷いて言葉を続けた。

「せっかくの手作りクッキーなんだ。手作りの部分をアピールしなきゃ意味がない。店と同じようなもの出されたって嬉しくないんだよ。むしろ味はちょっと悪いくらいのほうがいい」

そう言うと雪ノ下が納得いかないような顔で聞き返す。

「悪いほうがいいの？」

「ああ、そうだ。上手にできなかったけど一生懸命作りましたっ！　ってところをアピールすれば、『俺のために頑張ってくれたんだ……』って勘違いすんだよ、悲しいことに」

「そんなに単純じゃないでしょ……」

由比ヶ浜は疑わしげに俺を見る。何言ってんのこの童貞？　とでも言いたげな視線だ。

ふう、仕方ない。ちょっと説得力のある話でもしてやるか。

「……これは俺の友達の友達の話なんだがな、そいつが中学二年生になったばかりのことだ。新学期だから最初のＨＲ（ホームルーム）で学級委員を決めなくちゃならない。だが、そこはさすがに中二。男子は誰一人として委員長になんてなりたがらない。無論くじ引きだ。そいつは生来の運の無さからか当然のように委員長になってしまう。そして、教師から議事進行を引き継ぎ、女子の委員長を決めなければならなかった。内気で恥ずかしがり屋のシャイボーイには荷が重い」

「そこ全部同じ意味ね。あと前置きが長いわ」

「黙って聞け。そのとき、一人の女子が立候補した。可愛（かわい）い子だった。そして、めでたく男女の学級委員が決まった。その女子が『これから一年間よろしくね』とはにかみながら言った。それからというもの何くれとなくその女子はそいつに話しかけてくる。『あれ？　ひょっとしてこいつ俺のこと好きなんじゃね？　そういえば、こいつ俺が委員長になったら立候補してきたし、よく話しかけてくるしもうこれ絶対俺のこと好きだよ！』そう確信するのに長い時間はかからなかった。だいたい一週間くらいだ」

「早っ！」

ふんふんと頷いていた由比ヶ浜が驚きの声を上げる。

「ばっかお前、愛に年の差とか時間とか関係ねーんだよ。そして、ある放課後、教師から命じられたプリントの回収をしていたとき、そいつは意を決して告白する。

『あ、あのさ、好きな奴とか、いるの？』

『えー、いないよー』

『いやその答え方は絶対いるって！　誰？』

『……誰だと思う？』

『わっかんねーって。ヒントっ！　ヒントちょうだい！』

『ヒントとか言われてもなあ』

『あ、じゃあイニシャル、イニシャル教えて。苗字でも名前でもいいから、頼むっ！』

『うーん、それならいっかなぁ』

『マジで!?　やたっ！　で、イニシャルは？』

『……H』

『え……、それって、……俺？』

『え、何言ってんのそんなわけないじゃん、何、え、マジキモい。ちょっとやめてくんない』

『あ、はは。だ、だよなー。ちょっとボケてみた』

『いや、今のないと思う……。――もう終わったし、私帰るね』

『お、おう……』

そうして一人教室に残された俺は夕日を見ながら涙を流した。しかも、翌日登校してみるとその話はクラスのみんなが知っていたんだ」

「ヒッキーの話だったんだ……」

由比ヶ浜が気まずそうに目を逸らして呟いた。

「ちょ、ばかお前。誰も俺の話とか言ってねーよ、あれだよ言葉の綾だよ」

俺の弁解を一切斟酌せず、雪ノ下は面倒そうなため息をついた。

「そもそも友達の友達、という時点でダウトじゃない。あなた友達いないし」

「なっ、貴様っ!?」

「比企谷くんのトラウマはどうでもいいんだけど、結局何が言いたかったの？」

どうでもよくねーだろ。俺はあれをきっかけに女子からさらに嫌われたんだぞ。そして男子にはからかわれまくり「ナルが谷」というあだ名をまぁどうでもいいよね。

俺は気を取り直して話を続ける。

「つまりあれだ。男ってのは残念なくらい単純なんだよ。話しかけられるだけで勘違いするし、手作りクッキーってだけで喜ぶの。だから、」

俺はそこで言葉を区切り、由比ヶ浜を見つめる。

「別に特別何かあるわけじゃなくてときどきジャリってするような、はっきり言ってそんなにおいしくないクッキーでいいんだよ」

「〜〜っ！　うっさい！」

由比ヶ浜が怒りに顔を朱に染めて、手近にあったビニール袋やクッキングペーパーやらを投げつけてくる。当たっても痛くない物を選ぶとかこいつ優しいな。あれ？　ひょっとして俺のこと好きなんじゃね？　なんつって冗談ですよ？　二度とあんな経験してたまるか。

「ヒッキー、マジ腹立つ！　もう帰るっ！」

キッとこっちを睨むと由比ヶ浜は鞄を掴んで立ち上がった。ふんっと顔を背けてドアに向かってたったか歩き出す。その肩がわなわなと震えていた。

やべ、ちょっと言い過ぎたかな……。またクラスで俺の悪口が乱れ飛ぶのかと思うとぞっとしない。フォローしとこう。

「まぁ、なんだ……。お前が頑張ったって姿勢が伝わりゃ男心は揺れんじゃねぇの」

由比ヶ浜はドアの前で振り返る。逆光で表情は見えづらい。

「……ヒッキーも揺れんの？」

「あ？　あーもう超揺れるね。むしろ優しくされただけで好きになるレベル。っつーか、ヒッキーって呼ぶな」

「ふ、ふぅん」

俺が適当に答えると、由比ヶ浜は気のない返事をしてまたすぐに顔を逸らした。ドアに手をかけてそのまま帰ろうとする。その背中に雪ノ下が声をかけた。

「由比ヶ浜さん、依頼のほうはどうするの？」

「あれはもういいや！　今度は自分のやり方でやってみる。ありがとね、雪ノ下さん」

振り向いて、由比ヶ浜は笑っていた。

「また明日ね。ばいばい」

手を振って今度こそ由比ヶ浜は帰っていった、エプロン姿のまま。

「……本当に良かったのかしら」

雪ノ下がドアのほうを見つめたまま呟きを漏らす。

「私は自分を高められるなら限界まで挑戦するべきだと思うの。それが最終的には由比ヶ浜さんのためになるから」

「まぁ、正論だわな。努力は自分を裏切らない。夢を裏切ることはあるけどな」

「どう違うの？」

振り返った雪ノ下の頬を風が撫でる。両脇に括った髪が揺れた。

「努力しても夢が叶うとは限らない。むしろ叶わないことのほうが多いだろ。でも、頑張った事実さえありゃ慰めにはなる」

「ただの自己満足よ」

「別に自分に対する裏切りじゃねぇさ」

「甘いのね……。気持ち悪い」

「お前含めて、社会が俺に厳しいんでな。せめて俺くらいは俺に優しくしてあげようと思うわけ。みんなもっと自分を甘やかすべきだろ。みんなダメになればダメな奴はいなくなる」

「マイナス思考の理想論者なんて初めて見たわ……。あなたの思想が流行ったら地球は滅亡するわね」

雪ノ下は呆れ顔だが、俺は自分のこの思想を結構気に入っている。いずれはニートのニートによるニートのためのニート国家、ニートリアを建国したい。……やっぱり三日で滅びそうだな。

×　×　×

ようやくこの奉仕部たらいう部活の活動内容がわかった。

要するにここは生徒の相談に乗って、その問題を解決する手伝いをする部活らしい。しかしながら、その存在は別段公にされているわけではない。だって、俺が知らなかったわけだし。いや、俺が学校に馴染んでいないから知らなかったというだけではない。由比ケ浜も正しく認識していたわけではないことを考えると、ここへ相談に来るにはなんらかの伝手が必要になるようだ。その伝手というのが平塚先生。

先生は、たまに問題や悩みを抱えた生徒がいるとここへ送りこんでくるわけだ。

要は隔離病棟。

そのサナトリウムで、俺は相変わらず本を読むだけだった。

そもそも悩みを相談するという行為は自分のコンプレックスを晒すということだ。それを同じ学校の生徒に話すというのは多感な高校生にとってはハードルが高いだろう。あの由比ヶ浜も平塚先生の紹介でここへきたわけでそれがない限りはここへ足を運ぶ人間はいない。

今日もお客が来ることなく、開店休業状態である。

俺も雪ノ下も沈黙が気にならない性質なので、こうして二人して読書に勤しむ時間はとても静かだ。

だから、戸を叩くこつこつという硬質な音はよく響く。

「やっはろー！」

気の抜けるような頭の悪い挨拶と共に引き戸を引いたのは由比ヶ浜結衣だった。

ナマ脚がつき出たその短いスカートから俺が目を逸らすと、今度は大きく開かれたブラウスの胸元に目が行く。相変わらずビッチ力の高い女だった。

その姿を見て雪ノ下が盛大なため息をつく。

「……何か？」

「え、なに。あんまり歓迎されてない……？　ひょっとして雪ノ下さんってあたしのこと……嫌い？」

雪ノ下が漏らした小声を聞いて由比ヶ浜はひくっと肩を揺らす。すると、雪ノ下はふむと考えるような仕草をする。それから平素と変わらぬ声で言った。

「別に嫌いじゃないわ。……ちょっと苦手、かしら」

「それ女子言葉で嫌いと同義語だからねっ⁉」

由比ヶ浜があたふたとしていた。さすがに嫌われるのは嫌なようだ。こいつ見た目はただのビッチだけど反応はいちいち普通の女子なんだよね。

「で、何か用かしら」

「や、あたし最近料理にはまってるじゃない？」

「じゃないって……初耳よ」

「で、こないだのお礼ってーの？　クッキー作ってきたからどうかなーって」

さぁーっと雪ノ下の血の気が引いた。由比ヶ浜の料理といえば、あの黒々とした鉄のようなクッキーがまっさきに想起される。俺も思い出しただけで喉と心が渇いてくる。

「あまり食欲がわかないから結構よ。お気持ちだけ頂いておくわ」

たぶん、食欲を失ったのは今この瞬間、由比ヶ浜のクッキーと聞いたからだろうが、それを言わないのは雪ノ下の優しさだろう。

だが、固辞する雪ノ下をよそに由比ヶ浜は鼻歌交じりで鞄からセロハンの包みを取り出す。可愛らしくラッピングされたそれはやはり黒々としていた。

「いやーやってみると楽しいよねー。今度はお弁当とか作っちゃおうかなーとか。あ、でさ、ゆきのんお昼一緒に食べようよ」

「いえ、私一人で食べるのが好きだからそういうのはちょっと。それから、ゆきのんって気持ち悪いからやめて」

「うっそ、寂しくない？　ゆきのん、どこで食べてるの？」

「部室だけれど……、ねぇ、私の話、聞いてたかしら？」

「あ、それでさ、あたしも放課後とか暇だし、部活手伝うね。いやーもーなに？　お礼？　これもお礼だから、全然気にしなくていいから」

「……話、聞いてる？」

由比ヶ浜の怒濤の一斉攻勢に雪ノ下が明らかに戸惑いながら、俺のほうをちらちら見る。こいつをどーにかしろということらしい。

助けるわけねーだろ。

いつも俺に暴言吐くし、野菜生活の代金は払わねーし、……それにお前の友達なんだし。

真面目な話、雪ノ下が由比ヶ浜の悩みに対して真剣に取り組んだからこそ由比ヶ浜はこうしてお礼に来ているのだと思う。なら、それは彼女が受け取るべき権利であり、義務だ。俺が邪魔しちゃ悪い。

俺は文庫本を閉じると、そっと席を立った。聞こえないくらい小さく「お疲れさん」と別れの挨拶を残して部室を出ようとした。

「あ、ヒッキー」

声を掛けられて振り向くと、顔の前に黒い物体が飛んできた。反射的にそれを摑む。

「いちおーお礼の気持ち？　ヒッキーも手伝ってくれたし」

見れば黒々としたハート形の何か。禍々しいなオイ。そこはかとなく不吉だが、お礼と言うならありがたくもらっておこう。

あとヒッキーって言うな。

誕生日
非公開
(女性に生年月日のことは聞くな)

特　技
格闘技

趣　味
ドライブ、ツーリング、
読書(マンガ、ハーレクインの小説)

休日の過ごし方
朝まで飲む
昼まで寝る
起きたら飲む
寝る

比企谷八幡
hachiman hikigaya

誕生日
8月8日
(夏休み中なので友達に一度も
祝われたことがない。
でも呪われたことはある)

特　技
クイズ、なぞなぞなど
一人でできるもの。独り言

趣　味
読書

休日の過ごし方
だらだら読書、だらだらテレビ見る
だらだら寝る

「由比ヶ浜さん、
人の話、聞いてる？」
「……………………………ビッチめ」

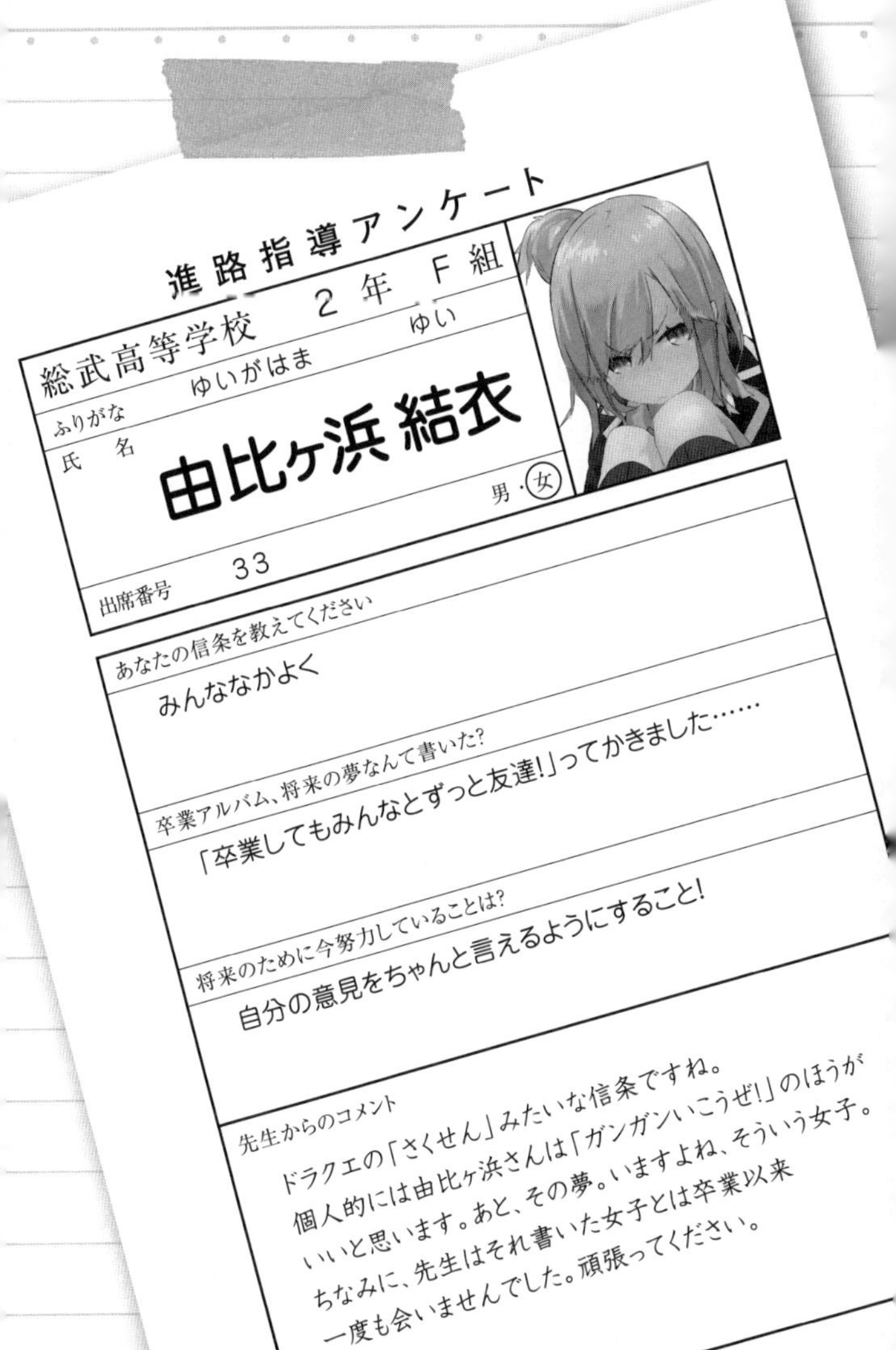

進路指導アンケート

総武高等学校　2年　F組

ふりがな　ゆいがはま　ゆい

氏　名　由比ヶ浜 結衣

男・(女)

出席番号　33

あなたの信条を教えてください

みんななかよく

卒業アルバム、将来の夢なんて書いた?

「卒業してもみんなとずっと友達!」ってかきました……

将来のために今努力していることは?

自分の意見をちゃんと言えるようにすること!

先生からのコメント

ドラクエの「さくせん」みたいな信条ですね。
個人的には由比ヶ浜さんは「ガンガンいこうぜ!」のほうが
いいと思います。あと、その夢。いますよね、そういう女子。
ちなみに、先生はそれ書いた女子とは卒業以来
一度も会いませんでした。頑張ってください。

4 それでもクラスはうまくやっている。

チャイムが鳴り四限が終わった。一気に弛緩した空気が流れ始める。ある者はダッシュで購買に走り、ある者は机をがたがた動かして弁当を広げ、またある者は他の教室へと向かう。

昼休み、二年F組の教室は今日もいつもと変わらない喧噪に包まれていた。

今日のように雨が降っていると俺には行くところがない。普段なら昼食にピッタリなベストプレイスがあるのだが、さすがに濡れながら飯を食う趣味はない。

仕方なく教室で一人、コンビニパンをもっしゃもっしゃと食んでいた。

こんな雨の日の昼休みは、小説なりマンガなりを読んで過ごすのだが、読みさしの本は昨日、部室に置いてきてしまった。十分休みの間に取りに行けばよかったかもしれない。

そう思ったところで後の祭り。英語で言えばアフター・ザ・フェスティバル。それは祭りの後じゃねえか！

自分でボケて自分でつっこむ。それくらい暇だった。

いや、しかしいつも思うんだが一人で過ごす時間が長いと自然といろんなことが自分の中で完結してしまうものである。

家にいると独り言が多くなる。一人で熱唱とかする。で、妹が帰ってきて「MOTTO! MOTんっ、……お帰り」みたいになることもしばしば。さすがに教室で歌いはしないけど。

だから、代わりに考え事が多くなる。

いってみれば独りぼっちとは思考の達人だ。人は考える葦であるというように、気づけば何事か思案している。なかでも独りぼっちは他人に思考のリソースを割く必要がないぶんその思索はより深いものになる。したがって我々ぼっちは余人とは違う思考回路を持つに至り、時に常人の枠を越えた発想が飛び出たりするのだ。

膨大な情報を会話という限られた表現手段によって伝えるのは難しい。パソコンと同じだ。莫大なデータをサーバにあげたりメールで送ったりするのには時間がかかる。だから、ぼっちは会話が少々不得手になりがち、というただそれだけのことなのだ。

俺はそれが必ずしも悪いことだとは思わない。メールするだけがPCのすべてではない。ネットだってフォトショだってあるだろうよ。一つの価値観だけで人を測るなって話。

まぁ、パソコン関係の話を引き合いに出しはしたが別に俺は詳しいわけではない。そういうのに詳しいのは今教室の前方で固まっている彼らとかだ。

彼ら、というのは今、PSPを持ち寄ってアドホックで狩りをしている彼らである。確か小田とか田原とかいったか。

「ちょおま、ハンマーとか!」

「ガンランスでジェノサイド余裕でした^^」

実に楽しそうである。あのゲームは俺もやってるし、正直言って交ざりたいくらいだ。

マンガ、アニメ、ゲームは一昔前ならぼっちの独壇場だったのだが、最近は一種のコミュニケーションツール化していて、彼らのような人々に交じるのにもコミュ力を要する。

そして、悲しいことに俺のこの中途半端な容姿ゆえに、彼らに交じると「にわか」とか「嘘(うそ)非モテ」とか陰で叩(たた)かれる。もうどうしろってんだよ。

中学のとき、アニメの話をしてたから俺も交じろうとしたら露骨にみんな黙り込んでとてもつらかった……。以来、その集団の中に入っていくのはやめた。

だいたい俺ってば小さいころから「いーれーてー」の一言が言えない子供だったもんだから、なおさらだよ。クラスのレクリエーションでフットベースやるとき、男子の中心的人物二人がじゃんけんして勝ったら自分のチームに入れたい奴を先に選んでいいというルールがあった。あれ、俺いつも最後まで残ってたんだぜ？「ぼくはいつ選ばれるのかなードキドキ」とか思ってた十歳の俺が可哀想(かわいそう)すぎて泣けてくんだろ。

おかげで運動自体は苦手でもないのにスポーツというものが苦手になってしまった。野球とか好きなんだけど、やる相手がいない。なので小さいころの俺はひたすら壁当てや一人シートノックをし、透明ランナーや透明守備陣を駆使して一人野球をしていたこともある。

一方でそうしたコミュニケーションが実にスマートで得意な人種もこのクラスにはいる。

教室の後ろにいる連中がそうだ。

サッカー部二人とバスケ部の男子二人、女子三名。その華やかな雰囲気から一目で彼らがこのクラスの上位カーストにいることがわかる。ちなみに由比ヶ浜もここに属している。

その中でもひときわ眩い輝きを放つのが二人いた。

葉山隼人。

それがあの連中の中心にいる人間の名だ。サッカー部のエースで時期部長候補。長時間眺めていて気分のいい相手ではない。

まぁ、つまりオサレ系イケメン男子である。なめとんのか。

「いやー、今日は無理そうかな。部活あるし」

「別に一日くらいよくない？　今日ね、サーティワンでダブルが安いんだよ。あーしチョコとショコラのダブルが食べたい」

「それどっちもチョコじゃん（笑）」

「えぇー。ぜんぜん違うし。ていうか超お腹減ったし」

そう声を荒らげているのが、葉山の相方・三浦優美子。

金髪縦ロールに、「お前花魁なの？」ってほどに肩まで見える勢いで着崩した制服。スカートなんて「それ履く意味あんの？」ってくらい短い。

三浦の顔だちは綺麗で整っているのだが、その派手な格好と頭の悪そうな言動のせいもあり俺は好きではない。というか、もう純粋に怖い。何言われるかわかんないし。

だが、葉山にとっての三浦は恐怖の対象ではないらしく、様子を見てる限りじゃ、むしろノリのいい話が合う相手、という認識のようだ。これだからカーストの高い男子の考えることはわかんねーわ。あの女、どう見ても葉山が相手だからノリがいいだけだぞ。俺が相手だったら鼻息だけで殺されるレベル。

まぁ、俺とは何の接点もないから話しかけることなんてないのでいい。

葉山と三浦はなおもじゃれ合っていた。

「悪いけど、今日はパスな」

葉山が仕切りなおすように切り出した。三浦はきょとんとした顔で見る。すると、傍らの金髪が髪を掻き上げ、声高に宣言した。

「俺ら、今年はマジで国立狙ってっから」

は？　国立？　国立じゃなくて？　中央線で行ける東京都国立市の国立じゃなくて国立競技場のこと言ってんのこいつ？

「ぶはっ……」

思わず笑いがこみあげてくる。もうね、なんかかっこいいこと言っちゃったみたいな雰囲気出てるのがもうね、ほんとダメ。ダメ、絶対。許さない。

「それにさー、ゆみこ。あんまり食いすぎると後悔するぞ」

「あーしいくら食べても太んないし。あー、やっぱ今日も食べるしかないかー。ね、ユイ」

「あーあるある。優美子スタイルいいよねー。でさ、あたしちょっと今日予定あるから……」

「だしょ？　もう今日食いまくるしかないでしょー」

三浦が言うと、追従するようにどっと笑いが起きた。まるでバラエティ番組で付け足したような空虚な笑い声だ。音だけはやけにでかくて、テロップがつけられてるような感じ。

別に聞こうとして聞いているわけではないのだが、彼らの声がでかいのでよく耳に届いて来る。というか、基本集団になったオタクとリア充は声がでかい。教室の真ん中に鎮座する俺は周りに誰もいないのに周囲がうるさいという、台風の目状態になっていた。

葉山は皆の中心で誰からも好かれるような笑顔を浮かべていた。

「食べ過ぎて腹壊すなよ」

「だーからー、いくら食べても平気なんだって。太んないし。ね、ユイ」

「やーほんと優美子マージ神スタイルだよねー脚とか超キレー。で、あたしちょっと……」

「えーそうかなー。でも雪ノ下さんとかいう子のほうがやばくない？」

「あ、確かに。ゆきのんはやば」

「…………」

「……あ、や、でも優美子のほうが華やかというか！」

三浦が黙って眉根をぴくっと動かすと由比ヶ浜が素早く言葉を継ぐ。もうなんというか、女王と侍女みたいだ。しかし、そのフォローも女王の損ねた気分を取り戻すには不十分だったらしく、三浦は不機嫌そうに目を細めた。

「ま、いんじゃない。部活の後でいいなら俺も付き合うよ」

張り詰めた空気を察したのか、葉山が軽いノリでそう言った。すると、女王のご機嫌も直ったのか「おっけ、じゃメールして？」なんて笑顔で会話が再開した。

隠れるようにしながらほっと胸を撫で下ろす由比ヶ浜。

おいおい、すげー大変そうじゃん。封建社会かよ。あんな風に気を使わなきゃリア充になれないなら俺ずっとぼっちでいいよ？

と、顔を上げた由比ヶ浜と目があった。俺の顔を見てから、由比ヶ浜は何かを決意したようにすぅーっと深呼吸した。

「あの……あたし、お昼ちょっと行くところあるから……」

「あ、そーなん？　じゃさ、帰りにあれ買ってきてよ、レモンティー。あーし、今日飲みもん持ってくんの忘れててさー。パンだし、お茶ないときついじゃん？」

「え、え、けどほらあたし戻ってくるの五限になるっていうか、お昼まるまるいないからそれはちょっとどうだろーみたいな……」

由比ヶ浜がそう言うと、瞬間三浦の顔が硬直する。

三浦は飼い犬に手を噛まれたような表情をしていた。これまで三浦の言うことに口答えしたことがないであろう由比ヶ浜が、こともあろうに自分の頼みを聞いてくれなかったのだ。

「は？　え、ちょ、なになに？　なんかさー、ユイこないだもそんなん言って放課後ばっくれなかった？　ちょっと最近付き合い悪くない？」

「やー、それはなんて言うかやむにやまれぬというか私事で恐縮ですというか……」

しどろもどろになりながら答える由比ヶ浜。サラリーマンかお前は。

だが、それが却って逆効果だったらしく三浦はかつかつと苛立たしげに爪で机を叩く。

女王の突然の爆発にクラス中が静まり返る。前にいた小田だか田原だかもPSPの音量をぐっと絞っていた。葉山も周りの取り巻きの連中も気まずげに視線を床に落としている。

三浦の長い爪が気忙しく机を弾く音だけが響く。

「それじゃわかんないから。言いたいことあんならはっきり言いなよ。あーしら、友達じゃん。そういうさー、隠しごと？　とかよくなくなくない？」

由比ヶ浜はしゅんと俯いてしまう。

三浦の言っていることは字面こそ美しいが、その実、仲間意識の強要でしかない。友達だから、仲間だから、だから何を言ってもいいし、何をしてもいい。三浦はそう言っているのだ。

そして、その言葉の裏には「それができないなら仲間ではない。したがって敵である」という意図が隠然と込められている。こんなものはただの踏み絵で異端審問だ。

「ごめん……」

下を向いていた由比ヶ浜は恐る恐る口にした。

「だーからー、ごめんじゃなくて。なんか言いたいことあんでしょ？」

そう言われて言える奴なんていない。こんなのは会話でも質問でもない。ただ謝らせたいだけで、攻撃がしたいだけなのだ。

あほくさ。せいぜい身内で潰しあえよ。

俺は正面に向き直ると、携帯をいじりながらパンを口元に運ぶ。もそもそと咀嚼し、飲み込んだ。だが、何かが、パン以外の何かが喉元にわだかまっていた。

……まぁ、なんっつーの？

食事ってのはもっと楽しくて幸せなもんじゃないといけないだろ。『孤独のグルメ』的に考えて。

別に助けてやろうなんて気はこれっぽっちもないんだけどよ、知ってる女の子が目の前で泣きそうになってると胃がきゅるきゅるして飯がまずくなんだよ。やっぱご飯くらいおいしく食べたいじゃねぇか。

それに、そうやって攻撃されるポジションは俺のものであって他の誰かにやすやすと譲ってやるわけにはいかないわけだ。

あー、あとあれだ。

……気に入らねぇんだよこの野郎。

俺は机をがたっと鳴らして颯爽と立ち上がった。

「おい、その辺で――」

「るっさい」

――やめとけよ。と言いかけた瞬間、三浦がシャーッと蛇のような目でこっちを睨んだ。

「……そ、その辺で飲み物でも買ってこようかなぁ。で、でも、やめておこうかなぁ」

怖っ！　何コンダだよ……。思わず「すすすすびばせんでしたっ！」とか謝っちゃうところだったよ！

すごすごと座りなおす俺の存在など完全に無視して三浦は小さくなった由比ヶ浜を上から見下ろす。

「あんさー、ユイのために言うけどさ、そういうはっきりしない態度って結構イラッとくんだよね」

由比ヶ浜のためと言いながらも最後は三浦の感情や利害のためになっていた。一文の中で既に矛盾している。しかし、そのことは三浦の中では矛盾ではない。なぜなら彼女はこのグループにおける女王だからだ。封建社会においては支配者こそが絶対のルール。

「……ごめん」

「またそれ？」

はっ、と三浦が呆れと怒りを混じらせながら高圧的に鼻で笑った。それだけで由比ヶ浜はさらに萎縮してしまう。

もうやめろよ、めんどくせぇ。そういうの見てる側も気を使うんだよ。嫌な雰囲気なんて耐えられないいんだよ。お前らの青春群像劇に観客巻き込んでんじゃねぇよ。

もう一度、俺はなけなしの勇気を振り絞る。どうせこれ以上嫌われようがないいんだ。リスクゼロで勝負できるならそう悪い話じゃない。

俺が立ち上がり二人のもとへ向かうのと、由比ヶ浜が涙に濡れた目で俺を見るのは同時だった。その瞬間を狙い澄ましたように三浦は冷ややかな声をかけた。

「ね、ユイー、どこ見てんの？　あんたさぁさっきから謝ってばかりだけど」

「謝る相手が違うわよ、由比ヶ浜さん」

その声はともすれば三浦の声よりもよほど冷酷に響いた。聞く者の身を竦ませる、極北の地に吹きすさぶ風のような、けれど極光の如く美しい声。

教室の端、ドアの前にいるのに、まるでそこが世界の中心であるかのようにみんなの視線が引きつけられていた。

そんな声を発するのは、この世で雪ノ下雪乃以外にありえない。

俺は金縛りにあったように、立ち上がりかけの中腰の姿勢で固まってしまった。これに比べればさっきの三浦の威嚇など子供騙しもいいところだ。だって、雪ノ下を相手にしたら怖がる余裕もないんだぜ？　怖いを通りこして、美しいだなんて感想が浮かんじまうんだから。

その存在に教室の誰もが見惚れていた。いつの間にか三浦が机を鳴らす音も消えていて、完全な無音。それを切り裂くのは雪ノ下の声だけだ。

「由比ヶ浜さん。あなた、自分から誘っておきながら待ち合わせ場所に来ないのは人としてどうかと思うのだけれど。遅れるなら連絡の一本くらい入れるのが筋ではないの？」

その言葉を聞いて由比ヶ浜は安心したように微笑みを浮かべ、雪ノ下のもとへと向かう。

「……ご、ごめんね。あ、でもあたしゆきのんの携帯知らないし……」

「……そう？　そうだったかしら。なら、一概にあなたが悪いともいえないわね。今回は不問にするわ」

雪ノ下は周囲の空気などまるで読まずに、自分勝手に話を進める。すがすがしいまでにマイペースである。

「ちょ、ちょっと！　あーしたちまだ話終わってないんだけどっ！」

ようやく硬直から解けた三浦が雪ノ下と由比ヶ浜に食ってかかった。

炎の女王は先ほどよりもさらにその篝火を強く焚き、轟々と怒りを燃え盛らせる。

「何かしら？　あなたと話す時間も惜しいのだけれど。まだ昼食をとっていないのよ」

「は、はあ？　いきなり出てきて何言ってんの？　今、あーしがユイと話してたんだけど」

「話す？　がなりたてるの間違いじゃなくて？　あなた、あれが会話のつもりだったの？　ヒステリーを起こして一方的に自分の意見を押し付けているようにしか見えなかったけれど」

「なっ⁉」

「気づかなくてごめんなさいね。あなたたちの生態系に詳しくないものだから、ついつい類人猿の威嚇と同じものにカテゴライズしてしまったわ」

滾る炎の女王も、氷の女王の前では凍てついてしまう。

「〜〜っ」

三浦が怒気も露わに雪ノ下を睨み付ける。だが、雪ノ下はそれを冷ややかに受け流した。

「お山の大将気取りで虚勢を張るのは結構だけど、自分の縄張りの中だけにしなさい。あなたの今のメイク同様、すぐに剝がれるわよ」

「……はっ、何言ってんの？　意味わかんないし」

負け惜しみじみたことを言うと、三浦はがたっと倒れ込むようにして椅子に座った。縦ロールみたいなものをびょんびょん揺すりながらイライラと携帯をいじり始める。

そんな彼女に話しかける人間は誰一人としていない。調子を合わせるのがお得意な葉山ですらごまかすようにふあっと欠伸をしていた。

そのすぐ傍で、由比ヶ浜が立ち尽くしていた。何か言いたげにきゅっとスカートの裾を握る拳に力を入れた。由比ヶ浜の意図を察したのか、雪ノ下は先に教室を出ようとする。

「先に行くわね」

「あ、あたしも……」

「……好きにすればいいわ」

「うん」

それを聞いて由比ヶ浜はにっこりと笑う。だが、笑っているのは由比ヶ浜だけだ。

おいおい、なんだよこの空気……。今やクラスの居心地の悪さは尋常ではなく、普段よりもなお居づらい。気づけば、クラスの大半の人間が喉渇いただのトイレ行くだの言って教室から出ていた。残っているのは葉山・三浦グループと物見高い野次馬じみた連中だけだ。

俺も乗るしかない、このビッグウェーブに！　というか、これ以上深刻な空気になったら呼吸できない。死ぬ。

そろそろとなるべく音を立てないように由比ヶ浜の横を通り過ぎる。そのとき、ぽそっと小さな声が聞こえた。

「ありがと、さっき立ち上がってくれて」

×　　×　　×

教室を出たところに雪ノ下がいた。ドアのすぐ真横に寄り掛かり、腕を組んで目を瞑っている。雪ノ下が放つ雰囲気がえらく冷たいせいか、周りには誰もいない。とても静かだった。

　そのせいで教室の中の会話がここまで届く。

『……あの、ごめんね。あたしさ、人に合わせないと不安ってゆーか……つい空気読んじゃうっていうか…、それでイライラさせちゃうこと、あった、かも』

『………』

『やーもうなんていうの？　昔からそうなんだよねー。おジャ魔女ごっこしてても、ほんとはどれみやおんぷちゃんがいいんだけど、他にやりたい子がいるから葉月にしちゃうっていうか……。団地育ちのせいかもだけど、周りにいつも人がいてそれが当たり前で……』

『何言いたいか全然わかんないんだけど？』

『だ、だよねー。や、あたしもよくわかんないんだけどさ……。けどさ、ヒッキーとかゆきのん見てて思ったんだ。周りに誰もいないのに、楽しそうで、本音言い合ってお互い合わせてないのに、なんか合ってて……』

　ぐすっと嗚咽を漏らすような声が途切れ途切れに聞こえる。そのたびに雪ノ下の肩がぴくっと反応し、そーっと薄目を開けて目だけで教室の中の様子を窺おうとしている。アホ、ここからじゃ見えねーよ。そんなに心配なら中にいろよ。素直じゃない奴。

『それ見てたら、今まで必死になって人に合わせようとしてたの、間違ってるみたいで……、だってさ、ヒッキーとかぶっちゃけマジヒッキーじゃん。休み時間とか一人で本読んで笑ってて……、キモいけど、楽しそうだし』

キモいって……。それを聞いた雪ノ下(ゆきのした)がくすっと笑う。

「あなたの奇癖(きへき)、部室だけかと思ったら教室でもなのね。あれ、本当に気持ち悪いからやめたほうがいいわよ」

「気づいてんならその場で言えよ……」

「嫌(いや)に決まっているでしょう。そんな気持ち悪いときに話しかけたくないもの」

今度からマジで気をつけよう。もう学校で邪神が出るラノベは読まない。

『だからね、あたしも無理しないでもっと適当に生きよっかなーとか、……そんな感じ。でも、べつに優美子(ゆみこ)のことが嫌だってわけじゃないから。だから、これからも仲良く、できる、かな？』

『……ふーん。そ。まぁ、いんじゃない』

パタンッと三浦(みうら)が携帯電話を折りたたむ音がした。

『……ごめん、ありがと』

それきり、中での会話はなく、ぱたぱたと由比ヶ浜(ゆいがはま)が上履きを鳴らして歩く音が聞こえる。その音を合図にしたように雪ノ下が寄り掛かっていた壁から身体(からだ)を離した。

「……なんだ。ちゃんと言えるんじゃない」

その一瞬、わずかに見せた笑顔に思わず呆気(あっけ)にとられた。

自嘲でも罵倒でも悲哀でもなく、ただただ純粋な笑顔。

だが、それは一瞬で掻き消えて、またいつもの冷たい、氷の結晶のような顔に戻ってしまう。

雪ノ下の笑顔に見入っていると、彼女は俺のほうなど気にもかけず、さっさと廊下の向こうへと消えていく。きっと由比ヶ浜との待ち合わせ場所へ向かったんだろう。

……さて、俺はどうするかな。と足を進めようとしたときだった。

がらっと教室の戸が開いた。

「え？　な、なんでヒッキーがここにいんの？」

俺は固まった身体でぎぎぎっと右腕を上げ、うす、とごまかしてみた。由比ヶ浜の顔が見る間に真っ赤になる。

「聞いてた？」

「な、何をでせう……」

「聞いてたんだっ！　盗み聞きだっ!?　キモい！　ストーカー！　変態っ！　えとえっと、あと、キモい！　信じらんない！　マジでキモい。や、もうほんとマジキモいから」

「少しは遠慮しろよ！」

さすがの俺もそこまで直接的に罵倒されるとちょっと悲しくなっちまうだろうが。しかも最後真顔で言うんじゃねぇよ、そこはかとなくリアルで傷つくだろう。

「はっ、今さら遠慮するわけないでしょ。誰のせいだと思ってんのよ。ばか」

んべっと由比ヶ浜が桜色の小さな舌を出して、可愛らしい挑発をするとそのまま走り去る。

お前、小学生かよ。廊下走んな廊下。

「誰のせいって……。そりゃ雪ノ下、だよな」

一人ごちた。一人なので当たり前だった。

時計を見れば休み時間もあとわずかになっている。やたらに喉が渇く昼休みも、もう終わりだ。スポルトップでも買って喉と心の渇きを癒そう。

購買へと向かう途中、ふと思い返す。

オタクにはオタクのコミュニティがあり、あいつらはぼっちじゃない。

リア充になるには上下関係やパワーバランスに気を使わなくちゃいけないので大変。

結局、ぼっちなのは俺一人。平塚先生によって隔離されるまでもなく、既に俺はクラスで隔離されていた。これじゃあ奉仕部に隔離したところで意味ねぇだろ。

……なにその悲しい結論。厳しすぎるだろ現実。

スポルトップの味だけが俺を甘やかしてくれた。

由比ヶ浜結衣
yui yuigahama

誕生日
6月18日

特　技
メール、カラオケ、人に合わせること

趣　味
カラオケ
料理（これからがんばるっ!）

休日の過ごし方
友達と買い物
友達とカラオケ
友達とプリクラ
友達とまったり

雪ノ下雪乃
yukino yukinoshita

誕生日
1月3日
（冬休みなので同級生に祝われた経験はなし）

特　技
炊事洗濯掃除家事全般
合気道

趣　味
読書（一般文芸、英米文学、古典）
乗馬

休日の過ごし方
読書、映画鑑賞

5

つまり材木座義輝はズレている。

今さらではあるが、この奉仕部という部活は要するに生徒のお願いを聞きその手助けをする部活である。

と、こうして確認しておかないと、この部活が何をしているのか本当にわからなくなる。だって、俺も雪ノ下(ゆきのした)も普段ただ読書してるだけなんだぜ？　由比ヶ浜(ゆいがはま)なんてさっきから携帯いじってるだけだし。

「ん。あー、っつーかお前なんでいんの？」

あまりにも自然にここにいるせいで、当たり前のように対応してしまったが、由比ヶ浜は別に奉仕部の部員ではない。なんなら、俺だって部員かどうか怪しいものだ。ねぇマジで俺部員なの？　もうやめたいんだけど。

「え？　あーほら、あたし今日暇(ひま)じゃん？」

「じゃん？　とか言われても知らねーよ。広島弁かよ」

「はぁ？　広島？　あたし千葉生まれだけど」

や、実際広島の方言は「～じゃん？」とつくので、「え、いえ初めて聞きました」みたいな反応をしてしまうことがよくある。男の広島弁は怖いイメージがあるが、女性の本場の広島弁はそれはもう大層可愛らしく、俺の選んだ可愛い方言十傑にランクインするくらいなのだ。

「かっ。千葉に生まれた程度で千葉生まれを名乗られてたまるか」

「ねえ、比企谷くん。あなたが何を言っているのか全然わからないのだけれど……」

雪ノ下が心底蔑んだ目で俺を見る。が、気にしない。

「いくぞ由比ヶ浜。……第一問、打ち身でできてしまう内出血のことを何という？」

「青なじみ！」

「くっ！　正解だ。まさか千葉の方言まで押さえているとはな……。では、第二問。給食のお供と言えば？」

「みそピー！」

「ほう、どうやら本当に千葉生まれのようだな……」

「だからそう言ってんじゃん」

腰に腕をやって「こいつ何言ってんの？」みたいな顔で小首を傾げる由比ヶ浜。その横では雪ノ下が机に肘をついて額を押さえてため息をついている。

「……ねえ、いきなり何なの？　今のやり取りに意味はあるの？」

もちろん意味なんてない。

「ただの千葉県横断ウルトラクイズだ。具体的には松戸－銚子間を横断する」

「距離みじかっ！」

「んだよ、じゃあ佐原－館山間にすればいいのか？」

「縦断してるじゃない……」

……お前ら、今の地名だけでわかるとかどんだけ千葉好きだよ。

「では、第三問。外房線に乗って土気方面に行くとなぜかいきなり現れるちょっと珍しい動物といえば？」

「あ、松戸っていえばさー、ゆきのん、なんかあの辺ラーメン屋さんがたくさんあるんだって。今度行こーよ」

「ラーメン……。あまり食べたことがないからちょっとよくわからないのだけれど」

「だいじょぶ！　あたしもあんま食べたことないから！」

「……え？　それって何が大丈夫なのかしら？　ちょっと説明してもらってもいい？」

「うん。それでさ、松戸のなんだっけな〜。ナントカってとこがおいしいらしくて」

「話、聞いてるかしら？」

「ん？　聞いてるよ？　あ、でもこの辺もおいしいとこあるよ。あたし、家近所だから超詳しい。こっから歩いて五分とかだし。犬の散歩してるときによく前通るお店があってさ」

……正解は、ダチョウでしたー。いやー、電車乗ってるといきなり窓の外にダチョウが現れるからもう驚くっていうかむしろ感動だよねー。

ふぅ。

ラーメン屋についてちぐはぐな会話をしている女子二人をよそに、俺は読書へと戻る。

三人いるのに独りぼっちって一体どういうことなの……。

けど、まぁこうやって過ごしている時間はなんとなく高校生っぽい気がしなくもない。中学生に比べて活動範囲が広がる高校生はとかくおしゃれだのグルメだのに興味を示すものだ。ラーメン屋の話なんていかにも高校生っぽいじゃないの。

……まぁ、千葉県横断ウルトラクイズは普通やらねーけどな。

×　×　×

翌日のことである。部室へ向かうと、珍しいことに雪ノ下(ゆきのした)と由比ヶ浜(ゆいがはま)が扉の前で立ち尽くしていた。何してんのこいつらと思って見ていると、どうやら扉をちょっとだけ開けて中を覗(のぞ)いているらしい。

「何してんの?」

「ひゃうっ!」

可愛(かわい)らしい悲鳴と同時に、びくびくびくぅっ!　と二人の身体(からだ)が跳ねる。

「比企谷くん……。び、びっくりした……」

「驚いたのは俺のほうだよ……」

どんなリアクションだよ。夜中、リビングで出くわしたときのうちの猫かよ。

「いきなり声をかけないでもらえるかしら？」

不機嫌そうな表情で睨み付けてくるのまでうちの猫にそっくりである。そういえば、うちの猫、家族の中で俺にだけ懐かないんだよね。そこも含めて雪ノ下とうちの猫は超似てる。

「悪かったよ。で、何してんの？」

俺が改めて尋ねると由比ヶ浜は先ほどと同じく、部室の扉をわずかばかり開いて中をそうっと覗き込みながら答えた。

「部室に不審人物がいんの」

「不審人物はお前らだ」

「いいから。そういうのはいいから。中に入って様子を見てきてくれるかしら」

雪ノ下はむっとした表情で命令を下す。

俺は言われるがまま、二人の前に立つと、慎重に扉を開いて中に入る。

俺たちを待っていたのは一陣の風だった。

扉を開いた瞬間に、吹き抜ける潮風。この海辺に立つ学校特有の風向きで教室内にプリントを撒き散らす。

それはちょうど手品で使われるシルクハットから幾羽もの白い鳩が飛び交う様子に似てい

た。その白い世界の中に一人、佇む男がいる。

「ククク、まさかこんなところで出会うとは驚いたな。――待ちわびたぞ。比企谷八幡」

「な、なんだとっ!?」

驚いたのに待ちわびてたってどういうことだよ。こっちが驚くわ。

舞い散る白い紙を掻き分けるようにして、俺は相手の姿を見極める。

果たしてそこにいたのは……いや、知らない知らない。材木座義輝なんて俺の知り合いじゃない。

いや、まぁこの学校の生徒ほとんど知り合いじゃないんだけどさ。その知り合いじゃないカテゴリーの中でも断トツにお近づきになりたくない人間だった。もうすぐ初夏だというのに汗かきながらコートを羽織って指ぬきグローブはめてるし。

そんな奴は知ってても知らない。

「比企谷くん、あちらはあなたのことを知ってるようだけど……」

雪ノ下が俺の背中に隠れながらも、怪訝な顔で俺とあちらさんとを見比べる。その不躾な視線に相手の男は一瞬怯んだが、すぐさま俺に視線を向け、腕を組みなおしてクックックッと低く笑う。

奴はハッと大げさに肩を竦めて見せてゆっくりもったいつけて首を振った。

「まさかこの相棒の顔を忘れたとはな……見下げ果てたぞ、八幡」

「相棒って言ってるけど……」

由比ヶ浜が俺を冷ややかな視線で見る。「クズはもろとも死ね」と言う目だ。

「そうだ相棒。貴様も覚えているだろう、あの地獄のような時間を共に駆け抜けた日々を……」と言う目だ。

「体育でペア組まされただけじゃねぇか……」

我慢しきれず言い返すと、相手は苦々しげな表情を浮かべた。

「ふん。あのような悪しき風習、地獄以外の何物でもない。好きな奴と組めだと？　クックックッ、我はいつ果つるともわからぬ身、好ましく思う者など、作らぬっ！　……あの身を引き裂かれるような別れなど二度は要らぬ。あれが愛なら、愛など要らぬ！」

その男は窓の外を眺めて遠い目をしていた。虚空にはきっと愛しき姫の姿でも浮かんでいるんだろう。というかみんな北斗好きすぎるだろ。

まぁここまでくればどんなに鈍い奴だって気づくだろう。この男はだいぶアレだ。

「何の用だ、材木座」

「むっ、我が魂に刻まれし名を口にしたか。いかにも我が剣豪将軍・材木座義輝だ」

ばさっとコートを力強く靡かせて、ぽっちゃりとした顔にきりりっとやたら男前な表情を浮かべてこちらを振り返る材木座。自分の作った剣豪将軍という設定に完全に入り込んでいた。

それを見るだに俺の頭はずきずきと痛む。

頭、というよりは心が痛い。それ以上に、雪ノ下と由比ヶ浜の視線が痛かった。

「ねぇ……、ソレ何なの？」

不機嫌、というより不快感を露わにして由比ヶ浜が俺を睨み付ける。だからなんで俺を睨むデスカ。

「こいつは材木座義輝。……体育の時間、俺とペア組んでる奴だよ」

正直それ以上でもそれ以下でもない。俺と材木座の関係性はただそれだけだ。……まぁ、あの地獄のような時間を平和に過ごすための相棒という言はあながち間違いではない。

ほんとにもー、好きな人とペア作るって地獄だよね。

材木座もその痛さゆえにあの瞬間のつらさを味わっている。

俺と材木座は最初の体育の時間、余った者同士で組まされて以来、ずっとペアだ。正直、この中二病ど真ん中男をどこかにトレードに出したいのだが、成立しないので諦めている。一方で俺がＦＡ宣言することも考えたが、残念ながら俺クラスともなると契約金の桁が違うのでうまくいかない。違いますか違いますね俺もあいつも友達がいないだけでした。

雪ノ下は俺の説明を聞きながら、俺と材木座を見比べる。それから納得したように頷いた。

「類は友を呼ぶというやつね」

最悪の結論を出されてた。

「ばっかお前いっしょくたにすんな。俺はあんなに痛くない。第一、友じゃねぇっつーの」

「ふっ、それには同意せざるを得んな。左様、我に友などおらぬ。……マジで一人、ふひ」

材木座が悲しげに自嘲した。おい、素に戻ってんぞ。

「なんでもいいのだけれど、そのお友達、あなたに用があるんじゃないの？」

雪ノ下に言われて涙が出そうになった。こんなにもお友達という言葉が悲しく聞こえるのは中学のとき以来だ。

『比企谷くんは優しくて好きだけど、付き合うとかはちょっと……うん、お友達でいてください』ってかおりちゃんに言われて以来だよ……。そんな友達いらないよ……。

「ムハハハ、とんと失念しておった。時に八幡よ。奉仕部とはここでいいのか？」

キャラに戻った材木座が奇怪な笑い声をあげながら俺を見る。

何その笑い方。初めて聞いたわ。

「ええ、ここが奉仕部よ」

俺の代わりに雪ノ下が答えた。すると、材木座は一瞬雪ノ下のほうを見てからまたすぐさま俺のほうに視線を戻す。だからなんでこっち見んだよ。

「……そ、そうであったか。平塚教諭に助言頂いたとおりならば八幡、お主は我の願いを叶える義務があるわけだな？　幾百の時を超えてなお主従の関係にあるとは……これも八幡大菩薩の導きか」

「別に奉仕部はあなたのお願いを叶えるわけではないわ。ただそのお手伝いをするだけよ」

「……。ふ、ふむ。八幡よ、では我に手を貸せ。ふふふ、思えば我とお主は対等な関係、かってのように天下を再び握らんとしようではないか」

「主従の関係どこいったんだよ。あとなんでこっち見んだっつーの」

「ゴラムゴラムっ！　我とお主の間でそのような些末なことはどうでもよい。特別に赦す」

それでごまかしたつもりなのか材木座がありえない咳き込み方をして、やはり俺を見る。

「すまない。どうやらこの時代は在りし日々に比ぶるに穢れているようだな。人の心の在り様が。あの清浄なる室町が懐かしい……。そうは思わぬか、八幡」

「思わねぇよ。あともう死ねよ」

「ククク、死など恐ろしくはない。あの世で国盗りするだけよ！」

材木座が腕を高く掲げるとばさばさばさっとコートがはためく。

さすがに「死ね」という言葉への耐性は強いな…。

俺もそうだが悪口や暴言は言われ慣れてると切り返し方と言うか折り合いのつけ方がうまくなるのだ。何この悲しいスキル。涙出てくるわ。

「うわぁ……」

由比ヶ浜がリアルに引いていた。心なしか顔が青ざめているようにも見える。

「比企谷くん、ちょっと……」

そう言って雪ノトは俺の袖を引くと耳打ちする。

「なんなの？　あの剣豪将軍って」

すごく近い場所にやたら可愛い顔があっていい匂いがするのに、雪ノ下の話す言葉はまったく色気のない物だった。

それに対する答えは一言で充分だ。

「あれは中二病だ。中二病」

「ちゅーに病？」

雪ノ下が首を傾げて俺を見た。今気づいたけど、女の子が「ちゅ」って口にするときの唇の形ってすげー可愛いのな。ふしぎ発見。

聞き耳を立てていた由比ヶ浜も話に加わってきた。

「病気なの？」

「別にマジで病気なわけじゃない。スラングみたいなもんだと思ってくれりゃいい」

中二病とは要するに、中学二年生くらいの年代の連中によくある痛々しい一連の言動を指して言うものだ。

なかでも材木座の場合、『厨二』とか『邪気眼』とか称される部類に入る。

マンガやアニメ、ゲーム、ラノベなどに出てくる能力、不思議な力に憧れを抱き、自分にもそうしたものがあるかのように振る舞う。無論、そうした能力を持つ以上、そこへ必然性を付与するために自身を伝説の戦士の生まれ変わりだとか神に選ばれた人間だとか特務機関のエージェントだとか設定を作り上げるのだ。そしてその設定に基づいて行動する。

なぜ、そんなことをするか。

カッコイイからだ。

まぁ、中学二年生くらいなら誰もがそれに近しい想像を一度はしたことがあると思う。「カウントダウンTVをご覧の皆様、こんばんは。えーっと今回の新曲はずばり愛をテーマに僕が詩を書いて、」みたいなことを鏡の前で練習したこと、あるだろ？

中二病というのは要するに、それの極端な例だ。

そうやって俺が中二病の何たるかを手短に説明してやると、雪ノ下はそれで理解したらしい。毎度毎度思うのだが、こいつの頭の回転の速さはまったく驚嘆に値する。一を聞いて十を知るとでも言えばいいのか、大した説明をしないでも物の本質を把握している節がある。

「意味わかんない……」

雪ノ下と対照的に由比ヶ浜はうえっと嫌な感じに口を開けて呟きを漏らす。まぁ、俺だって今の説明じゃ絶対にわからん。むしろあれでわかる雪ノ下が変だ。

「ふぅん、つまり自分で作った設定に基づいてお芝居をしてるようなものなのね」

「だいたい合ってる。あいつの場合、室町幕府の十三代将軍・足利義輝を下敷きにしてるみたいだな。名前が一緒だからベースにしやすかったんだろ」

「あなたを仲間とみなしているのはなんで？」

「八幡っつー名前から八幡大菩薩を引っ張ってきてるんじゃないか。清和源氏が武神として厚く信奉してたんだ。鶴岡八幡宮とか知ってんだろ?」

俺が答えると雪ノ下が急に黙り込んだ。何だよ? と視線で問うと、雪ノ下は大きな瞳を丸くしてこちらを見ていた。

「驚いた。詳しいのね」

「……まぁ、な」

嫌な思い出がよぎりそうだったので、つい顔を逸らしてしまった。ついでに話題も逸らす。

「材木座はいちいち史実の引用がウザいが、あいつの場合はむしろ過去の歴史をベースにしているぶんまだマシだな」

それを聞いて、雪ノ下は材木座を一瞥すると、心底嫌そうな顔をして尋ねてきた。

「……アレよりもっとひどいのがいるの?」

「いる」

「参考までに聞くけど、どんなものなの?」

「もともとこの世界には七人の神、創造神たる三柱の神『賢帝ガラン』『戦女神メシカ』『心守ハーティア』破壊神たる三柱の神『愚王オルト』『失せ御堂ローグ』『疑心暗鬼ライライ』そして永久欠神『名も無き神』がいて、常に繁栄と衰退を繰り返していたんだ。今はちょうど七回目のやり直した世界なんだが、今度こそ滅亡を防ぐために日本政府はその神々の転生体を探し出そうとした。その七柱の神の中でももっとも重要なのが、未だその能力が未知数である永久欠神『名も無き神』であり、それこそがこの俺比企——ってお前誘導尋問超うめーな！　ほんとビビるわ、うっかり詳らかに喋るとこだったわ」

「何一つ誘導していなかったのだけれど……」

「気持ち悪い……」

「由比ヶ浜、言葉に気をつけろ。うっかり自殺するぞ」

雪ノ下は呆れた様子でため息をつくと、俺と材木座とをちらちら見比べながら言った。

「つまり比企谷くんもアレと同類ってことね。剣豪将軍だのなんだのに詳しいわけだわ」

「いやいやいや、何言ってんの雪ノ下さん。そんなわけないでしょ雪ノ下さん。詳しいのはあれだよ？　俺が日本史選択だからだよ？　『信長の野望』やったからだよ？」

「ふぅん？」

雪ノ下は疑わしきは死ねという目で俺を見てくる。

それでも俺は怯まない。なぜなら俺は材木座と同類などではないからだ。自信を持って雪ノ下の目を見返すことができる。彼女の言には間違いがある。

俺は材木座と同類なのではなく、同類だっただけだ。

八幡なんて名前はわりに珍しい。だから、自分が何か特別な存在なんじゃないかと思ってしまった時期もある。小さいころからマンガやアニメが好きだったらそういう妄想をするのは仕方がないことだ。

自分には何か秘められた力があってそれがある日突然目覚めて世界の存亡をかけた戦いに巻き込まれるんじゃないかと布団の中で想像し、来るべきときのために神界日記をつけて、三か月にいっぺん政府への報告書を書くくらいのことは誰だってするだろう？　しないか。

「……まぁなんだ。昔は同じだったかもしんない。けど今は違う」

「どうだか」

雪ノ下は悪戯っぽく笑うと俺から離れて材木座のほうへと向かった。

その後ろ姿を見送りながらふと考える。

俺は本当に材木座とは違うのだろうか。

答えはイエス。

俺はもう馬鹿な妄想はしないし、神界日記も政府報告書も書いていない。最近書いてるのなんてせいぜいなとこ「絶対に許さないリスト」だけだ。その筆頭はもちろん雪ノ下。ガンプラを作って効果音を口ずさみながらのお人形遊びもしないし、洗濯ばさみを組み合わせて最強のロボットを作ったりもしていない。輪ゴムとアルミホイルで護身用の武器を錬成するのも卒業した。親父のコートと母親のフェイクファーの襟巻でコスプレをするのもやめた。

俺と材木座は違う。

俺が逡巡のうちにそう結論づけたとき、雪ノ下は材木座の眼前に立っていた。由比ヶ浜は小さく「ゆきのん逃げてっ！」とか言ってるし。いやそれはさすがに可哀想でしょ？

「だいたいわかったわ。あなたの依頼はその心の病気を治すってことでいいのかしら？」

「……。八幡よ。余は汝との契約の下、朕の願いを叶えんがためこの場に馳せ参じた。それは実に崇高なる気高き欲望にしてただ一つの希望だ」

雪ノ下から顔を背けて、材木座が俺を見る。一人称も二人称もぶれぶれだ。どんだけ混乱してんだよ。

そこであることに気づいた。こいつ……、雪ノ下に話しかけられると必ず俺を見やがる。

まぁ、気持ちはわかるよ。俺だって雪ノ下の本性を知らなければ話しかけられるたびにどぎまぎしてろくに顔も見れなかっただろう。

しかし雪ノ下はそういう男の純情を介するような人並みの心を持っていない。

「話しているのは私なのだけれど。人が話しているときはその人のほうを向きなさい」

冷たい声音でそう言って雪ノ下が材木座の襟首を掴んで無理矢理顔を正面に向けさせた。

そう、雪ノ下は自分が礼儀知らずなくせに人の礼儀作法にやたらうるさい。おかげでさしもの俺も部活に来るたびにちゃんと挨拶をするようになってしまったほどだ。

雪ノ下が材木座の襟元から手を放すと、材木座はゲホゲホと本気で咳き込んだ。さすがにキャラを作っている場合ではなかったらしい。

「……。モ、モハ、モハハハハ。これはしたり」

「その喋り方もやめて」

「……」

雪ノ下に冷たくあしらわれると、材木座は黙って下を向いてしまった。

「なんでこの時期にコートを着ているの？」

「……ふ、ふむ。この外套は瘴気から身を守るための外装であり、もともと我が持つ十二の神器の一つだったがこの世界に転生する際、この身体に最適な形へと形状を変化させたのだ。フハハハハッ！」

「その喋り方やめて」

「あ、はい……」

「じゃあ、その指ぬきグローブは何？　意味あるの？　指先防御できてないじゃない」

「……あ、はい。えーっと……之は我が前世より受け継ぎし、十二の神器のうちの一つ、金剛鋼線が射出される特殊手甲で、そのとき、操作性を保つための自由度を与えるため、指先の部分は開いている……なのだっ！　フハハハハハ！」

「喋り方」

「ハハハ！　ハははっ、はぁ……」

高笑いだったはずの材木座の声は最後には若干湿り気を帯びた悲しげなため息になっていた。それきり黙り込んでしまう。

すると、その様を哀れに思ったか、雪ノ下は先ほどとは打って変わった優しげな表情を浮かべる。

「とにかく、その病気を治すってことでいいのよね？」

「……あ、別に病気じゃない、ですけど」

材木座は雪ノ下から目を逸らしてすんごい小声で言った。困った顔をしながらちらちらと俺に視線を送る。

もう完全に素だ。

雪ノ下のまっすぐできらきらとした視線を向けられてキャラを作っていられるほど材木座のキャパシティは大きくなかったらしい。

ああ！　もう見てらんないよう！　材木座が可哀想すぎる。どうにか助け船を出してやりたくなった。

とにかく雪ノ下と材木座を引き離そうと一歩進むと足元でかさりと何かが音を立てた。

それは部室の中で舞っていた紙吹雪の正体だった。

拾い上げると、やたらめったら難しい漢字がびっしりと羅列されていて、その黒さに目を奪われる。

「これって……」

俺はその紙から目をあげると部屋中を見渡す。四十二字×三十四行で印字されたそれは室内に散らばっていた。一枚一枚拾い上げて通し番号順に並べ替えていく。

「ふむ、言わずとも通じるとはさすがだな。伊達にあの地獄の時間を共に過ごしていない、ということか」

感慨深げに呟く材木座を完全に無視して由比ヶ浜は俺の手の中にあるものに視線をやる。

「それ何？」

紙束を手渡すと由比ヶ浜はぺらぺらとめくり中身を改めている。頭に「??」と疑問符を浮かべながら読み進めようとしていたが、はぁと深いため息をつくと俺に戻してきた。

「これ何？」

「小説の原稿、だと思うけどな」

俺の言葉に反応して材木座は仕切りなおすように咳を一つした。

「ご賢察痛み入る。如何にもそれはライトノベルの原稿だ。とある新人賞に応募しようと思っているが、友達がいないので感想が聞けぬ。読んでくれ」

「何か今とても悲しいことをさらりと言われた気がするわ……」

中二病を患った者がラノベ作家を目指すようになるのは当然の帰結といえる。憧れ続けたものを形にしたいと思うのは実に正当な感情だ。加えて、妄想癖のある自分なら書けるっ！　と考えたっておかしなことは何一つない。さらに言うなら、好きなこととして食っていけるならそれはやはり幸せなことだからだろう。

だから材木座がラノベ作家を志すことに不思議はない。

不思議なのはわざわざ俺たちに見せようとすることだ。

「投稿サイトとか投稿スレとかがあるからそこに晒せばいいんじゃねぇの」

「それは無理だ。彼奴らは容赦がないからな。酷評されたらたぶん死ぬぞ、我」

……心弱ぇー。

でも確かに顔の見えないネット越しの相手なら斟酌せず言いたいことを言うだろうし、友達なら気を遣って優しくテキトーなことを言ってくるだろう。

一般的に考えれば、俺たちと材木座くらいの距離の人間関係なら厳しい意見は出にくい。さすがに面と向かって厳しい意見を出すのは憚られるものだ。どうしたってオブラートに包んだ形での物言いにはなるだろう。あくまで一般的に考えれば、な。

「でもなぁ……」

俺はため息交じりにちらと横を見た。目が合うと雪ノ下はきょとんとしている。

「たぶん、投稿サイトより雪ノ下のほうが容赦ないよ？」

×　　×　　×

俺と雪ノ下、そして由比ヶ浜は材木座から預かった原稿をそれぞれ持ち帰り、一晩かけて読むことにした。

材木座(ざいもくざ)の書いた小説はジャンルで言うなら、学園異能バトルものだった。

日本のとある地方都市を舞台にし、夜の闇(やみ)の中で秘密組織や前世の記憶を持った能力者たちが暗躍し、それをどこにでもいる普通の少年だった主人公が秘められた力に目覚めて、ばったばったとなぎ倒していく一大スペクタクルである。

これを読み終えたころには空が白んでいた。

おかげで今日の授業はほとんど寝て過ごす羽目になってしまった。それでもなんとか気だるい六限目を過ごし、ＳＨＲ(ショートホームルーム)を切り抜け部室へと向かうことにした。

「ちょー！　待つ待つっ！」

特別棟に入ったあたりで、俺の背中に声がかかった。振り返れば由比ヶ浜(ゆいがはま)が薄っぺらい鞄(かばん)を肩に引っかけながら追いかけてきた。

やけに元気がよく、そのまま俺の横に並んで歩く。

「ヒッキー、元気なくない？　どしたー」

「いやいやいや、あんなの読んでたらそりゃ元気なくなるだろ……。もうめっちゃ眠いわ。つつーか、むしろなんであれ読んでお前が元気なのか知りたいわ」

「え？」

由比ヶ浜が目をぱちぱちっと瞬(しばた)かせた。

「……あ。だ、だよねー。や、あたしもマジ眠いから」

「お前、絶対読んでないだろ……」

その問いには答えず、由比ヶ浜は窓の外を眺めながら鼻歌なんぞ口ずさみだす。そ知らぬふりをしているのに、頬やらうなじやらにだらだら冷や汗掻いてるし。……ブラウス透けたりしねぇかなぁ。

×　×　×

俺が部室の戸を開くと雪ノ下は珍しくうつらうつらしていた。

「お疲れさん」

俺が声をかけても雪ノ下は穏やかな寝顔のますうすうと寝息を立てていた。その微笑むような表情は普段の隙のない表情とはまったく違っていて、そのギャップに鼓動が高まる。

ずっと雪ノ下の柔らかな寝顔を見ていたい気分になる。さらりと揺れる黒い髪も、白く透き通るようなきめの細かい肌も、潤んだ大きな瞳も、形のいい桜色の唇も。

その唇がわずかに動いた。

「……驚いた、あなたの顔を見ると一発で目が覚めるのね」

うわぁ……、俺も今ので目が覚めたわ。危うく見てくれに騙されて血迷うところだった。

もうほんと永眠させてやりたいこの女。

雪ノ下はくあっと子猫のような欠伸をすると、両手を上にあげて大きく伸びをする。

「その様子じゃそっちも相当苦戦したみたいだな」

「ええ、徹夜なんて久しぶりにしたわ。私この手のもの全然読んだことないし。……あまり好きになれそうにないわ」

「あー。あたしも絶対無理」

「お前は読んでねーだろ。今から読め今から」

俺の言葉に由比ヶ浜はむぅっと唸って鞄から例の原稿を取り出す。折り目の一つもついていない綺麗な保存状態だ。由比ヶ浜はそれをぺらぺらと異様に速いスピードでめくる。

ほんっとつまんなそーに読むなこいつ。その様子を小脇で眺めつつ、俺は口を開いた。

「別に材木座の原稿がライトノベルのすべてじゃない。面白いのはいくらでもあるよ」

材木座へのフォローにはなっていないことを重々承知でそう言うと、雪ノ下が首を傾げつつ聞いてくる。

「あなたがこの間読んでいたような?」

「ああ、面白いぞ。俺のお勧めはガガ――」

「機会があればね」

『その言葉を言った人間は絶対に読まない法則』が発動しつつあるのを如実に感じていると、部室の戸が荒々しく叩かれる。

「頼もう」

材木座が古風な呼ばわりとともに入ってきた。

「さて、では感想を聞かせてもらうとするか」

材木座は椅子にドッカと座り、偉そうに腕組みをしている。顔にはどこかしら優越感じみたものがある。自信に満ち溢れた表情だ。

対して正面に座る雪ノ下は珍しいことに申し訳なさそうな顔をしていた。

「ごめんなさい。私にはこういうのよくわからないのだけど……」

そう前置きをすると、それを聞いた材木座は鷹揚に応える。

「構わぬ。凡俗の意見も聞きたいところだったのでな。好きに言ってくれたまへ」

そう、と短く返事をすると、雪ノ下は小さく息を吸って意を決した。

「つまらなかった。読むのが苦痛ですらあったわ。想像を絶するつまらなさ」

「げふぅっ！」

一刀のもとに切り捨てやがった……。

がたがたっと椅子を鳴らしながら材木座がのけ反るが、どうにか体勢を立て直す。

「ふ、ふむ…。さ、参考までにどの辺がつまらなかったのかご教示願えるかな」

「まず、文法が滅茶苦茶ね。なぜいつも倒置法なの？　『てにをは』の使い方知ってる？　小学校で習わなかった？」

「ぬぅぐ……そ、それは平易な文体でより読者に親しみを……」

「そういうことは最低限まともな日本語を書けるようになってから考えることではないの？　それと、このルビだけど誤用が多すぎるわ。『能力』に『ちから』なんて読み方はないのだけれど。だいだい、『幻紅刃閃』と書いてなんでブラッディナイトメアスラッシャーになるの？　ナイトメアはどこから来たの？」

「げふっ！　う、うう。違うのだっ！　最近の異能バトルではルビの振り方に特徴を」

「そういうのを自己満足というのよ。あなた以外の誰にも通じないもの。人に読ませる気があるのかしら。そうそう、読ませるといえば、話の先が読めすぎて一向に面白くなる気配がないわね。で、ここでヒロインが服を脱いだのは何故？　必然性が皆無で白けるわ」

「ひぎぃっ！　し、しかしそういう要素がないと売れぬという……展開は、その……」

「そして地の文が長いしつこい字が多い読みづらい。というか、完結していない物語を人に読ませないでくれるかしら。文才の前に常識を身につけたほうがいいわ」

「ぴゃあっ！」

材木座が四肢を投げ出して悲鳴を上げた。肩がびくんびくんと痙攣している。目なんか天井むいたまんま白目になってるし。オーバーリアクションがそろそろうざくなってきたし、そろそろ止めたほうがいいだろう。

「その辺でいいんじゃないか。あんまりいっぺんに言ってもあれだし」

「まだまだ言い足りないけど……。まぁ、いいわ。じゃあ、次は由比ヶ浜さんかしら」

「え!? あ、あたし!?」

驚きと共に返事をした由比ヶ浜に向かって、材木座がすがるような視線を送る。その瞳には涙が滲んでいた。それを見てさすがに哀れと思ったのか由比ヶ浜はどうにか褒める部分を探そうと虚空を見つめて言葉をひねり出す。

「え、えーっと……。む、難しい言葉をたくさん知ってるね」

「ひでぶっ!」

「とどめ刺してんじゃねぇよ……」

作家志望にとってその言葉はほとんど禁句である。だってさ、褒めるところがそれしかないってことなんだぜ? えてしてラノベを読み慣れていない人が感想を求められたときによく使われる言葉だ。これを言われたらその小説は「面白くない」と言われているにも等しい。

「じゃ、じゃあ、ヒッキーどうぞ」

由比ヶ浜が逃げるように席を立ち、その椅子を俺に譲ってくる。材木座の正面に座らせて自分は俺の斜め後ろにちょこんと座った。

既に燃え尽きて白くなってしまった材木座を直視するのに耐えられなくなったようだ。

「ぐ、ぐぬぅ。は、八幡。お前なら理解できるな? 我の描いた世界、ライトノベルの地平がお前にならわかるな? 愚物どもでは誰一人理解することができぬ深遠なる物語が」

ああ、わかってるさ。

俺は材木座を安心させるように頷いて見せる。材木座の目が「お前を信じている」とそう告げていた。

なら、答えてやらねば男がすたる。俺は一度深呼吸をしてから優しく言ってやった。

「で、あれって何のパクリ？」

「ぶふっ!? ぶ、ぶひ……ぶひひ」

材木座はごろごろと床をのたうち回り、壁に激突すると動きを止めて、そのままの姿勢でピクリともしない。虚ろな目で天井を見上げ、頰を一筋の涙が伝う。もう死んじゃおっかなーみたいな雰囲気がばしばし出ている。

「……あなた容赦ないわね。私よりよほど酷薄じゃない」

雪ノ下がものすごい勢いで引いてた。

「……ちょっと」

由比ヶ浜がとんと肘で俺の脇腹をつつく。何か他に言うことあるでしょ、ということらしい。何を言ってやればいいのだろうか……。少し考えてからたぶん一番根本的な部分について言い忘れていたことを思い出した。

「まぁ、大事なのはイラストだから。中身なんてあんまり気にすんなよ」

× × ×

材木座（ざいもくざ）はしばしの間、ひ、ひ、ふぅーと自らの心を落ち着かせるようにラマーズ法を繰り返してから、生まれたての小鹿のように手足をぷるぷる震わせながら立ち上がった。

そして、ぱんぱんと身体（からだ）についた埃（ほこり）を払うとまっすぐに俺を見る。

「……また、読んでくれるか」

思わず耳を疑った。何を言っているのかよく理解できず俺が黙っていると、再び同じことを聞いてきた。今度はさっきよりもはっきりと力強い声で。

「また読んでくれるか」

熱い眼差（まなざ）しを俺と雪ノ下（ゆきのした）に向けてくる。

「お前……」

「ドMなの?」

由比ヶ浜（ゆいがはま）は俺の陰に隠れて材木座に嫌悪の視線を向けていた。変態は死ねといわんばかりだ。いやそうじゃねぇよ。

「お前、あんだけ言われてまだやるのかよ」

「無論だ。確かに酷評されはした。もう死んじゃおっかなーどうせ生きててもモテないし友達いないし、とも思った。むしろ、我以外みんな死ねと思った」

「そりゃそうだろうな。俺でもあれだけ言われたら死にたくなる」

　しかし、材木座はそれらの言葉を飲み下して、それでも言うのだ。

「だが。だがそれでも嬉(うれ)しかったのだ。自分が好きで書いたものを誰かに読んでもらえて、感想を言ってもらえるというのはいいものだな。この想いに何と名前を付ければいいのか判然とせぬのだが。……読んでもらえるとやっぱり嬉しいよ」

　そう言って材木座は笑った。

　それは剣豪将軍の笑顔でなく、材木座義輝(よしてる)の笑顔。

――ああ、そうか。

　こいつは中二病ってだけじゃない。もう立派な作家病に罹(かか)っているのだ。

　書きたいことが、誰かに伝えたいことがあるから書きたい。そして、誰かの心を動かせたならとても嬉しい。だから、何度だって書きたくなる。たとえそれが認められなくても、書き続ける。その状態を作家病というのだろう。

　だから俺の答えは決まっていた。

「ああ、読むよ」

　読まないわけがない。だって、これは材木座が中二病を突き詰めた結果辿(たど)りついた境地だから。病気扱いされても白眼視されても無視されても笑い者にされても、それでもけっして曲げることなく諦(あきら)めることなく妄想を形にしようと足掻(あが)いた証(あかし)だから。

「また新作が書けたら持ってくる」

そう言い残して材木座(ざいもくざ)は俺たちに背中を向けると、堂々とした足取りで部室を後にした。

閉じられた扉がいやに眩(まぶ)しく見えた。

歪(ゆが)んでても幼くても間違っていても、それでも貫けるならそれはきっと正しい。誰かに否定されたくらいで変えてしまう程度なら、そんなものは夢でもなければ自分でもない。だから、材木座は変わらなくていいのだ。

あの気持ち悪い部分を除けば、な。

×　×　×

あれから数日が経った。

六限目。本日最後の授業は体育である。

俺と材木座は相変わらずペアを組んでいる。そこは別に変わらない。

「八幡(はちまん)よ。流行の神絵師は誰だろうな」

「気が早ぇーよ。賞取ってから考えろよ」

「ふむ。さもありなん。問題はどこからデビューするかだが……」

「だからなんで賞取る前提なんだよ」

「……売れたらアニメ化して声優さんと結婚できるかな?」

「いいから。そういうのいいから。まず原稿書け。な?」

そんな感じで俺と材木座は体育の授業中に会話をするようになった。変わったことといえばそれくらい。

まぁ中身はほんとどうでもいいことばかりだ。特に愉快でもないから周りの連中のように話してて爆笑するようなことはない。

話している内容がおしゃれでもかっこよくもない、ただただ残念な話ばかり。

頭悪ぃなと自分でも思う。何の意味があんだよと本気で感じる。

けど、少なくとも〝嫌な時間〟ではなくなった。

まぁ、それだけだ。

「材……なんとか君は
可哀想よね、頭が。」

「材木座、
人生とキャラの設定、
統一しろ 統一」

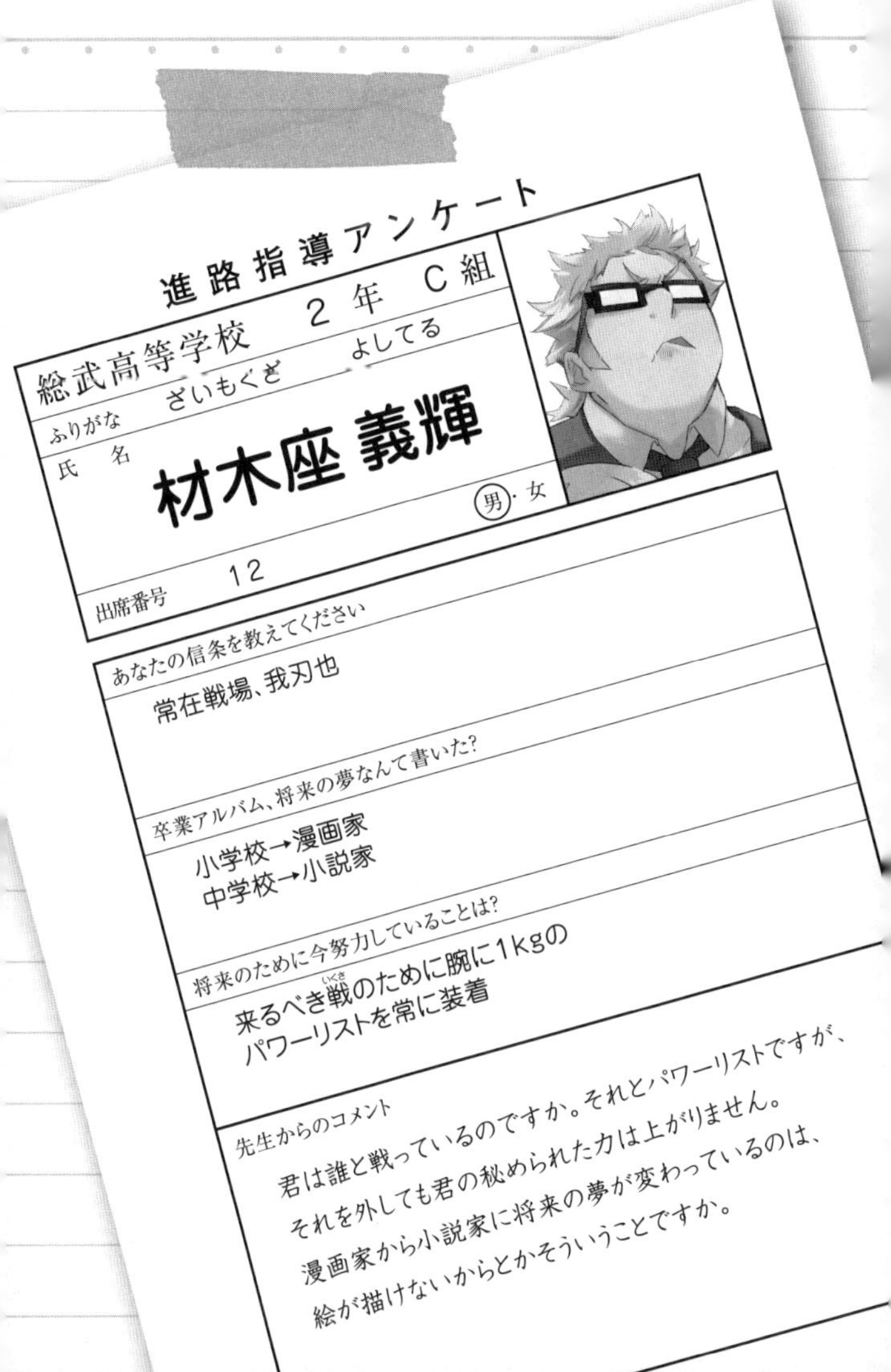

進路指導アンケート

総武高等学校　2年　C組

ふりがな　ざいもくざ　よしてる

氏名　材木座 義輝

男・女

出席番号　12

あなたの信条を教えてください

常在戦場、我刃也

卒業アルバム、将来の夢なんて書いた?

小学校→漫画家
中学校→小説家

将来のために今努力していることは?

来るべき戦(いくさ)のために腕に1kgの
パワーリストを常に装着

先生からのコメント

君は誰と戦っているのですか。それとパワーリストですが、
それを外しても君の秘められた力は上がりません。
漫画家から小説家に将来の夢が変わっているのは、
絵が描けないからとかそういうことですか。

6 けれど戸塚彩加はついている。

妹の小町がジャムを塗ったくったトースト片手に熱心にファッション雑誌を読んでいる。それを横から覗きながら俺は朝のブラックコーヒーを飲んでいた。

『ラブ活』だの『激モテ』だのやたらむかつく単語が羅列された記事は頭の悪さが咲き乱れていて、うえーっとコーヒーが口の端から流れ出てしまう。

おいマジかよ日本大丈夫かよ。この記事、偏差値換算で25くらいにしか見えねぇぞ。しかも妹うんうん頷いちゃってるし。どこに共感してんのお前。

この『ヘブンティーン』たらいう雑誌は、何でも女子中学生の間で今一番熱いファッション誌で皆が読んでいるどころか読んでいなかったらむしろいじめられるレベルなんだとか。

小町は「へぇ～」とか感心しつつ、誌面にひとしきりパン屑を落としていた。お前はひとりヘンゼルとグレーテルかよ。

時刻は七時四十五分。

「おい、時間」

夢中になって雑誌を読んでいる妹の肩を肘で小突いてやり、そろそろ出かける時間だと教えてやる。すると小町ははっと顔をあげて時計を確認した。

「うっわやばぁ！」

そう叫ぶや否や雑誌をばたんっと閉じて立ち上がる。

「いやいやいやお前、口見ろ口。ついてっから」

「え、嘘？　ジャムってる？」

「お前の口は自動小銃なのかよ。ジャムるの使い方間違ってるだろ」

妹はやっぱーとか言いながら口元をパジャマの袖でぐいっと拭う。我が妹ながらなかなか男前である。

「てかさ、お兄ちゃん、ときどき何言ってるかわかんないよね」

「それはお前だお前っ！」

俺の言葉なんぞまるで聞かず、小町はぱたぱたと慌ただしく制服に着替え始めた。パジャマを脱ぐと、滑らかな白い肌と白いスポーツブラと白いパンツ。

ここで脱ぐなここで。

妹という存在は不思議なもので、どれだけ可愛かろうとも特に何も感じない。下着なんてただの布としか思わない。可愛いは可愛いが「やっぱり俺に似てるからかなぁ」とかしか思わないのだ。リアルな妹なんてこんなもんである。

小町が野暮ったい制服に身を包み、その膝丈くらいまであるスカートからパンツを覗かせながら三つ折りソックスを履いているのを横目に俺は砂糖と牛乳を引き寄せた。

小町は乳強化月間にでも入ったのか最近は牛乳をよく飲むようになった。超どうでもいい。

だが、「妹の飲んだ牛乳」と意味ありげに「」で括ってみるとなんか背徳感じみたエロさがあるな。超どうでもいい。

別に俺が砂糖と牛乳を引き寄せた理由は「妹の飲んだ牛乳」だからではなく、単純にコーヒーに入れるためだ。

産湯代わりにMAXコーヒーに浸かり、母乳代わりにMAXコーヒーで育ったとも言われている生っ粋の千葉っ子の俺はコーヒーは甘くなければいけないのだ。練乳ならなおグッド。

いやほらブラックでも飲めるんだけどね。

「人生は苦いから、コーヒーくらいは甘くていい……」

と、MAXコーヒーのキャッチコピーに採用されてもおかしくない独り言を呟いた後、甘々にしたそいつを飲み干す。

うまいな……今のキャッチコピー。マジで採用してくんねぇかな。

「お兄ちゃん！　準備できた！」

「兄がまだコーヒー飲んでるでしょうが……」

俺は再放送で見た「北の国から」の似てないモノマネをしながら答えるが、小町が気づくはずもなく「ちっこく♪　ちっこく♪」と楽しそうに歌っている。遅刻したいのかしたくないのか判断に悩むところだ。

かれこれ数か月前のことになるが、一度、このアホな妹が全力で寝坊して遅刻をかましそうになったとき、自転車の後ろに乗っけて中学校まで送ってやったことがある。

それ以来、なし崩し的に俺が送っていく回数が増えていた。

女の涙ほど信用ならないものはない。特にこの小町は下の子特有の要領の良さを備えていて兄を利用するスキルについては折り紙つきだ。たちが悪い。おかげで俺の中での女性＝妹の小町のように男を利用するもの、という刷り込みがなされてしまっている。

「俺が女性不信になったらお前のせいだぞ。結婚できなかったら老後とかどうすんだよ」

「そのときは小町がどうにかしてあげるよ？」

にっこりと微笑む小町。ずっと子供だとばかり思っていた妹が見せたその表情はどこか大人びていて、俺の鼓動が一瞬跳ね上がったのを身体の内側から感じた。

「頑張ってお金溜めて介護施設とか入れたげる」

大人びているというか、ただの大人の意見だった。

「……やっぱりお前、俺の妹だよなぁ」

思わずため息が漏れ出てしまった。

俺はコーヒーをぐいっと飲み干すと立ち上がる。その背中を小町がぐいぐい押してくる。

「お兄ちゃんがゆっくりしてるからもうこんな時間だよ！　小町、遅刻しちゃう」

「このガキ……」

こいつが妹じゃなかったら絶対蹴り飛ばしている。普通は逆なんだろうが、こと比企谷家に限っては別だ。親父の妹に対する溺愛ぶりは異常で、「近づく男は兄でも殺す」という名言にはさすがの俺も本気で引いた。妹を蹴ろうものなら俺など家から叩き出されてしまう。

まぁ、要するに俺はスクールカーストはもちろん、ファミリーカーストでも最下層に位置しているのだ。

玄関を出て自転車に跨ると後ろに小町が乗る。ぐいっと俺の腰に腕を回してしっかりと抱きついてきた。

「レッツゴー！」

「お前、感謝とか全然してねぇだろ」

自転車の二人乗りは道路交通法で禁止されているが、小町は頭の中身が幼児同然なのでご容赦願いたい。

軽快に走り出すと、小町が話しかけてきた。

「今度は事故ったりしないでね。今日は小町乗ってるから」

「俺が一人のときなら事故ってもいいのかよ……」

「いやいやいや。お兄ちゃん、ときどき腐った魚みたいな目して、ぼーっとしてるとこあるから心配なんだよ。これは妹の愛だよ？」

そういってうりうりーと俺の背中に顔を押し付けてくる。最初の発言がなきゃ可愛らしくも感じるんだが、今となってはあざとさしか感じない。

けどまぁ、家族に無用の心配をかけるのは本意ではない。

「……ああ、気をつけるよ」

「特に、小町が乗ってるときは気をつけて。マジで」

「段差あるとこだけ選んで走ったろか、このガキ」

とは言いつつも、前に送って行ったときのように後ろで痛いだのお尻打っただの傷物にされただの騒がれるのは嫌なので、平坦な道を選ぶ。あの発言のせいで俺はご近所から白い目で見られたんだぞ……。

何はともあれ、安全運転である。

俺は高校入学初日、交通事故に遭っている。入学式、新しい生活にわくわくしてしまったあまり、一時間も早く家を出てしまったのが運の尽きだ。

七時ごろだっただろうか。高校付近で犬の散歩をしていた女の子の手からリードが離れ、そこへ折悪しく金持ってそうなリムジンが来た。気がついたときには全力で走り出していた。

その結果、救急車で搬送され入院。入学ぼっちが確定した瞬間である。

事故の結果、ぴかぴかの新車だった自転車は大破。黄金の左足は亀裂骨折。

もし俺がサッカーをやっていたら日本サッカー界の未来に暗い影を落としていたところであ

る。ほんとサッカーとかやってなくてよかった。

怪我の具合がさほどでもなかったのが救いだ。

救いがなかったのは俺のお見舞いに来たのが家族だけという部分である。

家族だけが三日にいっぺんやってくる。いや毎日来てくれよ。

その後、両親と妹で外食に行くのが習慣だったそうだ。こないだは寿司食ったとか焼き肉食ったとかいちいち報告してきたときは妹の小指をへし折ってやろうかと思った。

「でもさ、早く治ってよかったよね。あのギプスが良かったんだね、きっと。やっぱ打ち身には石膏がよく効くよねー」

「ばっかお前そりゃ軟膏だっつーの。しかも打ち身じゃなくて骨折だし」

「またお兄ちゃんがよくわからないこと言う」

「だからっ！　それはお前だお前っ！」

言っても小町が聞くはずもなく、当たり前のように違う話題に持っていく。

「そいやさー」

「あ？　一世風○セピアか？　古過ぎんだろオイ」

「そういえばさ、だよ、お兄ちゃん。聞き取り悪いなぁ」

「お前の滑舌が悪いんだよ……」

「そういえば、あの事故の後、あのワンちゃんの飼い主さん。うちにお礼に来たよ」

「知らなかったな……」

「お兄ちゃん、寝てたからね。で、お菓子もらった。おいしかった」

「ねぇ、それ確実に俺食べてないよね？　なんでお兄ちゃんに黙って全部食べちゃうの？」

俺が言いながら振り返ると、小町は「てへへっ☆」みたいな照れ笑いを浮かべた。ほんとにムカつくなこいつ……。

「でもさ、同じ学校なんだから会ったんじゃないの？　学校でお礼言うって言ってたよ？」

キキッと思わずブレーキをかけてしまった。あうっ！　と悲鳴をあげながら小町が俺の背中に顔をうずめる。

「いきなりなにー？」

「……お前、なんでそう言うのもっと早く教えないんだよ。名前とか聞いてないのか？」

「えー？　……『お菓子の人』、だったかな？」

「お中元かよ。『ハムの人』みたいに言うな。で、名前は？」

「んー、忘れちった。──あ、もう学校じゃん。小町、行くね」

そう言うや否や、小町はひらりと自転車から飛び降りて、校門めがけて駆けだしていく。

「あのガキ……」

遠ざかる背中を睨み付けていると、校舎へと消える直前、小町は振り返ってびしっと敬礼してくる。

「行ってくるであります！　お兄ちゃん、ありがとー！」

そう言って笑顔で手を振られてしまうと、あんな妹でもちょっとは可愛げを感じる。俺が手を振りかえすと、小町はそれを確認してから「車に気を付けるんだよー」と付け足してきた。

俺はやれやれとばかりに軽くため息をつくと、自転車を旋回させて高校へと向かう。

例の犬の飼い主がいると思われる高校へ。

別に会ってどうこうってわけじゃない。ただちょっと興味があっただけだ。

けれど、入学して一年以上経つのに出会わないということは向こうにその気はないんだろう。……まぁ、そんなもんさ。たかだか犬を助けて骨折した程度のもんだ。家にまでお礼にくりゃ充分だろう。

ふと、自転車の前カゴに視線を落とすと、そこには俺のじゃない黒い通学鞄があった。

「……あのアホ」

すぐさま、自転車を方向転換させて走り出すと、向こうから小町が涙目で走ってくるのが見えた。

×　　×　　×

月が替わると、体育の種目も変わる。

我が学校の体育は三クラス合同で、男子総勢六十名を二つの種目に分けて行う。

この間までやっていたのはバレーボールと陸上。今月からはテニスとサッカーだ。

俺も材木座もチームプレーより個人技に重きを置くファンタジスタ的存在なので、体育のサッカーではむしろチームに迷惑をかけるだろうと判断し、テニスを選んだ。……何より俺はこの左足の古傷のためにサッカーを捨てた男だ。サッカーやったことねーけど。

だが、今年はテニス希望者が多かったらしく壮絶なじゃんけんの末、俺はテニス側に生き残り、材木座は敗北の末サッカー側へと振り分けられてしまった。

「ふぅ、八幡。我の『魔球』を披露してやれないのが残念でならん。お前がいないと我は一体誰とパス練習をすればいいのだ?」

最初こそ気丈に振る舞っていた材木座だが、最後のほうは完全に涙目でこちらに懇願するような視線を向けてきていたのが印象深い。

そんなの俺が聞きてぇよ。

そしてテニスの授業が始まる。

適当に準備運動をこなした後、体育教師の厚木から一通りのレクチャーを受けた。

「うし、じゃあお前ら打ってみろや。二人一組で端と端に散れ」

そう厚木が言うと、皆が三々五々めいめいにペアを組んでコートの端と端へと移動した。

なんでそんなすぐに対応できるんだよ。周り見渡すこともなくペア組めるとかお前らノールックパスの達人なの？

俺のぼっちレーダーが敏感に反応し、高まるぼっち機運を察した。

だが案ずるなかれ。こういうときのために生み出した秘策が俺にはある。

「あの、俺あんま調子よくないんで壁打ちしてていいっすか。迷惑かけることになっちゃうと思うんで」

そう宣告して、厚木の返事を待たずに俺はさっさと壁際でぽこすかと壁打ちを開始した。始めてしまうと厚木も俺に声をかけるタイミングを逸したのか何も言ってこなかった。

完璧すぎる……。

調子が良くない＋迷惑かけるのダブル文句が相乗効果を発揮するうえ、体育自体のやる気はあることをさりげなく告げるのがポイントだ。

これぞ俺が長きにわたるぼっち体育生活の中でついに会得した究極の「好きな奴とペア組め」対策。そのうち材木座にも教えてやろう。あいつ泣いて喜ぶぞ。

打球を追ってただ正確に打ち返すだけのまるで作業のような時間が続く。

周囲では派手な打ち合いできゃっきゃっと騒ぐ男子の歓声が聞こえてきた。

「うらぁっ！　おおっ!?　今のよくね？　やばくね？」

「今のやーばいわー、絶対取れないわー、激アツだわー」

絶叫しながら実に楽しそうにラリー練習をしていた。

うっせーなー死ねよと思いながら振り返ると、そこには葉山の姿もあった。

葉山はペア、というより4人組カルテットを形成している。クラスでもよくつるんでいる金髪の彼と後の二人は誰だろう。見覚えがないからたぶんC組かI組の人間なのだろうが。いずれにせよオシャレオーラを振りまきながらそこだけとても華やかな雰囲気だった。

葉山の打球を打ち損ねた金髪が突然「うおーっ！」と叫んだ。誰しもが何事かとそちらを向く。

「やっべー葉山くん今の球、マジやべーって。曲がった？　曲がったくね？　今の」

「いや打球が偶然スライスしただけだよ。悪い、ミスった」

片手を挙げてそう謝る葉山の声を掻き消すように金髪はオーバーアクションで返す。

「マッジかよ！　スライスとか『魔球』じゃん。マジぱないわ。葉山くん超ぱないわ」

「やっぱそうかー」

調子を合わせるようにして楽しげに笑う葉山。すると、葉山たちの横で打っていた二人組が声をかけていた。

「葉山くん、テニスもうまいじゃん。さっきのスライス？　あれ俺にも教えてよ」

そう言って近づくのは、髪こそ茶髪だが顔だちはおとなしめの男子。たぶん同じクラスのはずだ。名前は知らないが、俺が名前を知らない時点で大した存在ではないだろう。

瞬く間に6人組セクステットになる葉山グループ。今やこの体育の授業における最大与党だ。それにしてもセクステットってセクサロイドに似てるよねはいはいエロいエロい。

ともかくこうしてテニスの授業は葉山(はやま)王国となった。葉山グループに非(あら)ずんば体育するべからず的な空気である。自然、葉山たち以外は静かになる。言論弾圧反対。

葉山グループは騒いでいる印象が強いが、葉山自身が積極的に声を出しているのではなく、周りの連中がうるさい。というか、大臣役を買って出ているあの金髪がうるさい。

「スラーイスッ!!」

ほら、うるさい。

金髪の放った打球はまったくスライスすることなく、葉山から大きく外れてコートの片隅、日が当たらず薄暗いじめじめした場所へと飛んでいく。つまり俺のいる場所に飛んできた。

「あ、ごっめーんマジ勘弁。えっと、えー……。ひ？　ヒキタニくん？　ヒキタニくん、ボールとってくんない？」

誰だよヒキタニくん。

訂正する気も起きず、俺はてんてんと転がっているボールを拾い上げて投げ返してやった。

「ありがとねー」

葉山が朗(ほが)らかに笑いながら俺に手を振ってきた。

それに、うすと会釈(えしゃく)を返す。

……なんで俺会釈とかしてるのん？

どうやら本能的に葉山のほうが上だと判断してしまったらしい。我ながら卑屈である。もうね、卑屈さにおいても誰かに負けてるんじゃないかって考えちゃうくらい卑屈。

俺は暗くなりそうな気持ちを壁にぶつけた。

青春に壁はつきものである。

……そういえば、貧乳のことを塗り壁っていうのはなんでだろう？

塗り壁は一説では狸の化け物と解されることもあり、その壁の正体は狸の陰嚢を広げたものであるという。どんな壁だよ。思いのほか柔らかそうじゃねぇかよ。ということは逆説的に塗り壁と揶揄される貧乳も実は柔らかいのではないだろうか。Q.E.D証明終了。バカか。

だが、葉山ではこの結論にはどうしたって辿りつけまい。俺の並外れたルサンチマンが可能にする奇跡的な仮説だ。

うん、今日のところは引き分けにしといてやろう、そうしよう。

×　×　×

昼休み。

いつもの俺の昼食スポットで飯を食う。特別棟の一階。保健室横、購買の斜め後ろが俺の定位置だ。位置関係でいえばちょうどテニスコートを眺める形になる。

購買で買ったウインナーロールとツナおにぎり、ナポリタンロールをもぐもぐと食べる。安らぐ。

ポンポンと一定の感覚で打たれる鼓（つづみ）のような音が俺の眠気を誘っていた。

昼休みの間は女テニの子が自主練習をしているようで、いつも壁に向かい、打っては返ってくる球をかいがいしく追い、また打ち返している。

その動きを目で追いながら本日の昼食をたいらげた。じきに昼休みも終わるだろう。ずずーっとパックのレモンティーを啜（すす）っていると、ひゅうっと風が吹いた。

風向きが変わったのだ。

その日の天候にもよるが、臨海部に位置するこの学校はお昼を境に風の方向が変わる。朝方は海から吹き付ける潮風が、まるでもといた場所へ帰るように陸側から吹く。

この風を肌で感じながら一人で過ごす時間が俺は嫌いじゃない。

「あれー？　ヒッキーじゃん」

その風に乗って聞き覚えのある声がした。見れば、また吹き付けてくる風にスカートを押さえた由比ヶ浜（ゆいがはま）が立っていた。

「なんでこんなとこいんの？」

「普段ここで飯食ってんだよ」

「へー、そーなん。なんで？　教室で食べればよくない？」

「……」

心底不思議という顔をしながら聞いてきた由比ヶ浜に沈黙を返してしまった。それができてたらここで飯食ってねーだろ。察しろよマジで。

話題を変えよう。

「それよかなんでお前ここいんの？」

「それそれっ！　じつはね、ゆきのんとのゲームでジャン負けしてー、罰ゲームってやつ？」

「俺と話すことがですか……」

何それひどすぎる。もう死んじゃおうかな。

「ち、違う違う！　負けた人がジュース買ってくるってだけだよ！」

由比ヶ浜は慌ててぶんぶんと手を振り否定した。なんだーよかったーうっかり死んじゃうところだったわー。

ほっと胸を撫で下ろすと、由比ヶ浜は隣にちょこんと座ってきた。

「ゆきのん、最初は『自分の糧くらい自分で手に入れるわ。そんな行為でささやかな征服欲を満たして何が嬉しいの？』とか言って渋ってたんだけどね」

なぜか由比ヶ浜がモノマネしながら言う。死ぬほど似てねぇ。

「まぁ、あいつらしいな」

「うん、けど『自信ないんだ？』って言ったら乗ってきた」

「……あいつらしいな」

あの女はやたらにクールだが、勝負ごとに関しては極度の負けず嫌いらしい。先だっての平塚先生の挑発にも乗ってたし。

「でさ、ゆきのん勝った瞬間、無言で小さくガッツポーズしてて……、もうなんかすっごい可愛かった……」

ふぅうと、由比ヶ浜は満足げなため息をついた。

「なんか、この罰ゲーム初めて楽しいって思った」

「前にもやってたのか?」

俺が問うと、由比ヶ浜はこくっと頷く。

「前に、ちょっと、ね」

言われてふと思い出す。そういや、昼休みの終わりぐらいに教室の一角でじゃんけんしちゃあぎゃあぎゃあ喚いてた頭の悪そうな集団がいたな……。

「かっ、内輪ノリってやつね」

「なによ、その反応。感じ悪。そういうの嫌いなわけ?」

「内輪ノリとか内輪ウケとか嫌いに決まってんだろ。あ、内輪もめは好きだ。なぜなら俺は内輪にいないからなっ!」

「理由が悲しい上に性格が下衆だ!?」

ほっとけ。

由比ヶ浜は吹き抜ける風に髪を押さえながら笑う。その表情は教室で三浦たちといたときとはまた違っていた。

ああ、そうか。たぶん、だが、メイクが前ほどきつくない。よりナチュラルなものに変わっていた。もしかしたらもっと前から変わっていたのかもしれない。けどまぁ、女子の顔をじろじろ眺めることなんてないからな。わかんねーよ。

けれど、これも彼女が変わったことの証なのだろう。些細な変化だけれども。

素顔に近い由比ヶ浜の顔は笑うと目が垂れて童顔がさらに幼気なものになる。

「ていうか、ヒッキーだって内輪ノリ多いじゃん。部活で喋ってるときとか楽しそうだし。あー、あたし入れないなーとか思うときあるし」

言いながら、由比ヶ浜は自分の膝を抱え込むようにして顔をうずめ、こちらを窺うように上目づかいでこちらを見る。

「あたしももっと話したいなー、とか。……べ、別に変な意味じゃなくて！　ゆ、ゆきのんも一緒にってことだよ!?　ちゃんとその辺わかってる!?」

「安心しろ。別にお前相手に勘違いすることはないから」

「どういう意味だっ!?」

がばっと顔をあげて、ぷんすか怒る由比ヶ浜。殴りかかろうとするのをどうどう待て落ち着けと手で制しつつ、俺は口を開く。

「まぁ、雪ノ下は別だ。ありゃ不可抗力だ」

「どゆこと？」

「ん？　ああ、不可抗力というのは『人の力ではどうにも逆らうことのできない力や事態』という意味だ。難しい言葉使ってごめんな」

「違うっ！　言葉の意味がわからなかったんじゃないから！　ていうか、あたしのことバカにしすぎだからっ！　あたしだってちゃんと入試受けて総武高に入ったんだからねっ⁉」

ずびしっと由比ヶ浜のチョップが俺の喉に突き刺さった。喉仏にクリーンヒットし俺が噎せ込んでいると、由比ヶ浜は遠い目をしながらしみじみとした口調で質問してきた。

「……ねぇ、入試っていえばさ、入学式の日のことって覚えてる？」

「えっふえふげふっ！　……あ？　あー。いや、俺、当日に交通事故に遭ってるからなー」

「事故……」

「ああ。入学初日、俺が自転車漕いでたらアホな奴が犬のリード手放してな。そのワンちゃんが車にはねられそうになってるところを身を挺して守ったの。それはもう颯爽とヒーロー的に超かっこよく」

少しばかり脚色している気もするが、別に他の誰も知らないし構わんだろう。何より、誰も知らないということは誰も言ってくれないということだ。なら自分のいいところは自分でアピールしないとね。

だが、それを聞いた由比ヶ浜の顔はひくっと引きつっていた。

「あ、アホな奴って……。ひ、ヒッキーはその子のこと覚えてたり、しないの？」

「いや、それどころじゃなかったしな、痛くて。まぁ、印象に残ってないんだからたぶん地味な子だったんだろ」

「地味……そ、それは確かにあのときはスッピンだったし……、髪も染めてなかったし、パジャマとか超適当な格好だったけど……あ、でもパジャマの柄クマさんだったからちょっとアホっぽいかも」

由比ヶ浜の声は小さすぎて全然聞き取れない。口の中だけでもごもご言いながら俯いてしまう。お腹でも痛いのかよ。

「どうした？」

「なん、でもない……。とにかくっ！　ヒッキーはその女の子のこと覚えてないのね!?」

「いや、だから覚えてねっつの。……あれ？　俺女の子って言った？」

「へっ!?　あ、言った言った！　超言ってた！　むしろ、『女の子』しか言ってなかった！」

「どんだけ気持ち悪い奴だよ俺は」

言い返すと、たははと笑ってごまかす由比ヶ浜、微笑を浮かべたままテニスコートを見た。

それにつられて俺もそちらへと顔を向ける。

ちょうど先ほど自主練していた女テニの子が汗を拭いながら戻ってくるところだった。

「おーい！　さいちゃーん！」

由比ヶ浜（ゆいがはま）が手を振って声をかける。知り合いだったらしい。

その子は由比ヶ浜に気づくと、とててっとこちらに向かって走り寄ってくる。

「よっす。練習？」

「うん。うちの部、すっごい弱いからお昼も練習しないと……。お昼も使わせてくださいってずっとお願いしてたらやっと最近ＯＫ出たんだ。由比ヶ浜さんと比企谷（ひきがや）くんはここで何してるの？」

「やー別になにもー？」

そう言って由比ヶ浜は、だよね？　と俺を振り返る。いや俺は飯食ってたし、お前はお使いの途中なんじゃないの？　鳥かよ、すぐ忘れんなよ。

そうなんだ、とさいちゃんたら言う女子はくすくす笑った。

「さいちゃん、授業でもテニスやってるのに昼練もしてるんだ。大変だねー」

「ううん。好きでやってることだし。あ、そういえば比企谷くん、テニスうまいよね」

予想外に俺に話が振られて当然の如（ごと）く黙り込んでしまう。何その初耳情報。っていうかお前、誰。なんで名前知ってんの。

聞こうと思ったことはいくらでもあるのだが、それより先に由比ヶ浜がへーっと感心するような吐息を漏（も）らした。

「そーなん？」

「うん、フォームがとっても綺麗なんだよ」

「いやー照れるなーはっはっはっ。で、誰？」

最後のほうはやや小声で、由比ヶ浜にだけ聞こえるように配慮した。だが、それをぶち壊しにするのが由比ヶ浜である。

「っはあぁっ!? 同じクラスじゃん！ っていうか、体育一緒でしょ!? なんで名前覚えてないの!? 信じらんない！」

「ばかばっかお前、超覚えてるよ！ うっかり忘れちゃっただけだよ！ っつーか、女子とは体育違ぇだろ！」

俺の気遣い台無しにしやがって…。俺がこの子の名前知らないの丸わかりじゃねぇか。ご機嫌損ねたらどうすんだよ。

そう思ってさいちゃんのほうを見ると、さいちゃんは瞳をうるうるっとさせてた。この瞳はやばい。犬で言えばチワワ級、猫で言えばマンチカン並みの可愛いいじましさを感じさせる。

「あ、あはは。やっぱりぼくの名前覚えてないよね……。同じクラスの戸塚彩加です」

「い、いや悪い。クラス替えからあんま時間たってないから、つい、こうね、ね」

「一年のときも同じクラスだったんだよ……。えへへ、ぼく影薄いから……」

「やーそんなことないない。あれだ！ ほら、俺あんまりクラスの女子と関わりとかないからね、なんならこいつの本名も知らないレベル」

「いい加減覚えろっ！」

べしっと由比ヶ浜が俺の頭を叩く。その様子さえも恨めしそうな顔で戸塚はぽつりと呟いた。

「由比ヶ浜さんとは仲良いんだね……」

「え、ええっ!? ぜ、ぜんっぜん仲良くないよ!? ほんと殺意しかない！ ヒッキー殺してあたしも死ぬとかそんな感じだよ!?」

「そーそー、って怖い！ 怖いよお前！ 心中とか愛が重すぎる！」

「は!? ば、バカじゃないの!? そんな意味で使ってないから！」

「ほんと仲良いね……」

戸塚はぽそっと言ってから、今度は俺に向き直った。

「ぼく、男なんだけどなぁ……。そんなに弱そうに見えるかな？」

「え」

ぴたっと俺の動きと思考が停止した。それからばっと由比ヶ浜のほうを見る。嘘でしょ？と視線で問うと、由比ヶ浜は先ほどの怒りも冷めやらぬのか頬を朱に染めたままでうんうんと頷く。

えー、マジでー？ 嘘だー。御冗談でしょ？

そんな疑いの眼差しに気づいた戸塚は真っ赤な顔で俯いてから、上目づかいで俺を見た。

手がハーフパンツにゆっくりと伸びる。その動きがいやに艶めかしい。

「……証拠、見せてもいいよ？」

ぴくっと俺の心の中で何かが動かされた。

俺の右耳でデビル八幡が囁く。『いいじゃんかよー見せてもらえよーもしかしたらすっごいラッキーなことかもしんないぜ？』まぁ、そうだよなぁ。なかなかあるチャンスじゃないしなぁ。『お待ちなさい！』おお、来た天使来た。『どうせなら上も脱いでもらうというのはどうでしょう？』どうでしょう？　じゃねぇよ。天使じゃねぇのかよ。

俺は、最後は自分の理性を信じることにした。

そう、この手の性別不詳キャラは性別が不詳であるからこそ輝くのだ。理性によって導き出された理論が俺に冷静な判断を促す。

「とにかく、だ。悪かったな。知らなかったとはいえ、やな思いさせて」

俺がそう言うと、戸塚は瞳にたまった涙をぶんぶんと振り払ってからにっこりと笑う。

「ううん、別にいいよ」

「それにしても戸塚。よく俺の名前知ってたな」

「え、あ、うん。だって比企谷くん、目立つもん」

戸塚の言葉を聞いて由比ヶ浜が俺をじろじろと見る。

「ええ～っ？　かなり地味じゃん。よっぽどのことがないと知らないと思うけど」

「ばっかお前、俺とか目立つっっつーの。綺羅星の如く超目立つっっつーの」

「どこが？」

すっげー真顔で返された。

「……ひ、独りぼっちで教室の片隅とかいたら逆に目立つだろうが」

「あーそれは目立……あ、や、なんかごめん」

それきり俺から目を逸らす由比ヶ浜。そういう態度のほうが傷つくんだけど。

またしても重々しい雰囲気になりかけたところへ戸塚がフォローを入れる。

「それよりさ、比企谷くんテニスうまいよね。もしかして経験者？」

「いや小学生のころ、マリオテニスやって以来だ。リアルではやったことない」

「あ、あれねみんなでやるやつ。あたしもやったことある。ダブルスとか超楽しいよね！」

「……俺は一人でしかやったことないけどな」

「え？　……あー。や、ごめん」

「何、お前は俺の心の地雷処理班なの？　いちいちトラウマ掘り出すお仕事なの？」

「ヒッキーが爆弾抱えすぎなんでしょ！」

俺と由比ヶ浜のやり取りを戸塚は楽しげに笑って見ている。

すると、昼休み終了を告げるチャイムが鳴った。

「戻ろっか」

戸塚が言って、由比ヶ浜も後に続く。

俺はそれを見て少し不思議な気持ちになった。

そうか。教室が同じなんだから一緒に行くのが当然のことなんだよな。そんなことに感心してしまう。

「ヒッキー？　なにしてんのー？」

振り返った由比ヶ浜が怪訝な顔をしている。戸塚も立ち止まってこちらを向いた。

俺も一緒に行っていいのか？　そう言おうとしてやめた。

だから、代わりにこう言おう。

「お前、ジュースのパシリはいいの？」

「はぁ？　――あっ！」

×　　×　　×

数日の時を置いて、今再びの体育である。

度重なる一人壁打ちの結果、俺は壁打ちをマスターしつつあった。今や、一歩も動かずともひたすら壁とラリーができるほどだ。

そして、明日の授業からはしばらく試合に入る。つまり、ラリー練習は今日が最後だ。

最後だから目いっぱい打ち込んでやろうかと思ったところでちょんちょんと右肩をつかれた。

誰だよ、背後霊？　俺に話しかける奴とか皆無だし怪奇現象じゃゃね？

と思って振り向くと右頬にぷすっと指が刺さった。

「あはっ、ひっかかった」

そう可愛く笑うのは戸塚彩加である。

えー嘘、何この気持ち。すっごい心臓ばくばく言ってる。これが男じゃなかったら速攻で告白して振られているところだよ。え、振られちゃうのかよ。

いや、一度制服姿の戸塚を見ると男だってのははっきりわかるんだが、体操服みたいな男女共通の格好してると一瞬わかんなくなるんだよな。これで足元がアンクルソックスじゃなくて黒ハイソだったら絶対わかんないよ。

腕も腰も脚も細く、肌がぬけるように白い。

そりゃ胸がないのはあれだが、雪ノ下も同じくらい胸ないし。

と、なんかすっごい寒気した。

おかげで冷静になった俺はにこにこ微笑む戸塚に話しかける。

「どした？」

「うん。今日さ、いつもペア組んでる子がお休みなんだ。だから……よかったらぼくと、やらない？」

　だからその上目づかいやめろっての。超可愛いから。頬染めんな頬。

「ああ、いいよ。俺も一人だしな」

　壁、ごめんな。打ってやれなくて……。

　壁に謝ってから答えると、戸塚は安心したように息を吐き、「緊張したー」と小声で呟いた。

　そんなん聞いたら俺のほうが緊張するわ。マジで可愛すぎる。

　由比ヶ浜が言ってたが、女子の一部ではこの戸塚の愛らしさを指して「王子」と呼んでいたりするんだそうだ。なるほど、女の子みたいな可愛さを持った美少年の戸塚はイメージにぴったりだ。その「王子」という単語の中には「守ってあげたい」的な意図もあるんだろう。

　そして、俺と戸塚のラリー練習が始まった。

　戸塚はテニス部だけあって、それなりにうまい。

　俺が壁を相手に会得した正確無比なサーブを上手に受けて、俺の正面にリターンしてくる。

　それを何度も何度もやっていると、単調にでも感じたのか戸塚が話しかけてきた。

「やっぱり比企谷くん、上手だねー」

　距離があるため、戸塚の声は間延びして聞こえる。

「超壁打ってたからなー。テニスは極めたー」

「それはスカッシュだよー、テニスじゃないよー」

伸び伸びの声をお互いに出しながら、俺と戸塚のラリーは続く。他の連中が打ちミス受けミスを出す中、俺たちだけが長いこと続けていた。

と、そのラリーが止まった。ぽーんと跳ねたボールを戸塚がキャッチする。

「少し、休憩しよっか」

「おう」

二人して座る。で、なんでお前横に座んの？　おかしくないかなー。普通男子同士で座るときって向かい合ったり斜めだったりするよねー？　なんか距離近くない？　近くなーい？

「あのね、ちょっと比企谷くんに相談があるんだけど……」

戸塚が真剣な様子で口を開いた。

なるほどね、秘密の相談なら近くないといけないもんね。だから近いんだよね？

「相談、ねぇ」

「うん。うちのテニス部のことなんだけど、すっごく弱いでしょ？　それに人数も少ないんだ。今度の大会で三年生が抜けたら、もっと弱くなると思う。一年生は高校から始めた人が多くてまだあまり慣れてないし……。それにぼくらが弱いせいでモチベーションがあがらないみたいなんだ。人が少ないと自然とレギュラーだし」

「なるほど」

もっともな話だ。弱小の部活にはよくありそうなことだと思う。

弱い部活には人は集まらない。そして、人が少ない部活にはレギュラー争いというものが発生しない。

休もうがサボろうが大会には出られて、試合をすればそれなりに部活をしている気分になる。勝てなくてもそれで満足という奴はけっして少なくないだろう。

そんな連中が強くなれるわけもない。そして、強くないところには人は集まらない。そうやって負の循環が続くのだ。

「それで……比企谷くんさえよければテニス部に入ってくれないかな？」

「……は？」

なぜそうなる……。

俺が視線だけでそう問うと、戸塚は体育座りの姿勢で身体を縮こまらせながら、ときおりすがるような目つきでちらちらと俺の顔を見る。

「比企谷くん、テニス上手だし、もっともっと上手になると思う。それに、みんなの刺激にもなると思うんだ。あと……比企谷くんといっしょなら、ぼくも頑張れると思うし。あ、あの、へ、変な意味じゃなくて！　ぼ、ぼくも、テニス、強くなりたい、から」

「お前は弱くてもいいよ。……俺が、守るから」

「……え？」

「あー、すまん。間違えた」

戸塚のあまりのいじましさに一瞬本気で言うべき言葉を間違えてしまった。いやー、もうだって戸塚可愛いんだもん。危うく一も二もなく入部しちゃいそうになっちゃったぜ。給食のおかわりプリン争奪戦くらいの勢いで挙手するところだった。

だが、どんなに戸塚が可愛くても聞けない願いと言うのはある。

「……悪い。それはちょっと無理だ」

俺は自分の性格をよく知っている。

毎日部活行くなんて意味がよくわからないし、何なら朝から身体を動かすのもちょっと信じられない。そんなことするの公園で太極拳してるおじいちゃんたちだけだろ。『継続はできないナリ～』とコロ助の物まね風な座右の銘を持つ俺では絶対に退部してしまう。初めてやったバイトすら三日でばっくれたくらいだ。

そんな俺がテニス部に入ろうものなら戸塚をがっかりさせてしまうこと受けあい。

「……そっかぁ」

戸塚は本当に残念そうな声で言った。俺は何かかけてやれる言葉を探す。

「まぁなんだ。何か方法を考えてみるよ」

何もできやしないけどな。

「ありがと。比企谷くんに相談して少し気が楽になったよ」

戸塚はそう笑ってくれるが、こんなのは気休めだ。でも、戸塚の気が休まるなら、それはそれでいいんだと思う。

×　×　×

「無理ね」

雪ノ下(ゆきのした)は開口一番そう言った。

「いや無理って。お前さー」

「無理なものは無理よ」

さらに冷たくそう突っぱねる。

事の端緒(たんしょ)は俺が戸塚(とつか)から相談されたことを、さらに雪ノ下に相談したことから始まる。

俺としては話の流れをうまいこと運んで円満に奉仕部を退部、そして晴れてテニス部に入部するとみせかけてテニス部をも少しずつフェイドアウトしようと思っていたのだが、その道はばっさりと断たれてしまった。

「いや、でもさ、俺を入部させようって言う戸塚の考えも間違っちゃいないとは思うんだよな。要はテニス部の連中を脅かせばいいんだ。一種のカンフル剤として新しく部員が入れば変わるんじゃないか?」

「あなたに集団行動ができるとでも思っているの? あなたみたいな生き物、受け入れてもらえるはずがないでしょう？」

「うぐっ……」

確かに絶対無理だ。辞めちまうのもそうだが、ちんたら楽しそうに部活やってる奴なんて見たらラケットで殴打してしまうかもしれない。

雪ノ下はふっと短くため息にも似た笑い声をあげた。

「つくづく集団心理が理解できてない人ね。ぼっちの達人ね」

「お前が言うな」

俺の言葉をまったくの無視で雪ノ下は話を続ける。

「もっとも、あなたという共通の敵を得て一致団結することはあるかもしれないわね。けれど、排除するための努力をするだけで、それが自身の向上に向けられることはないの。だから、解決にはならないわ。ソースは私」

「なるほどな……。え、ソース？」

「ええ。私、中学のとき海外からこっちへ戻ってきたの。当然転入という形になるのだけど、そのクラスの女子、いえ学校の女子は私を排除しようと躍起になったわ。誰一人として私に負けないように自分を高める努力をした人間はいなかった……あの低能ども……」

そう語る雪ノ下の後背に何か黒い炎めいたものが立ち上っている。

やっべーなんか地雷踏んだかもしれない。

「ま、まぁなんだ。その、お前みたいな可愛い子がきたらそうなるのはしょうがないんじゃないの」

「……っ。え、ええ、まぁそうでしょうね。彼女たちと比較して私の顔だちはやはりずば抜けていたといっていいし、そこでへりくだって卑屈になるほどこの精神はやわではないから、ある意味当然の帰結といっていいでしょう。とはいえ、山下さんや島村さんも可愛いほうではあったのよ？　男子からの人気もそれなりにあったようだし。けれど、それは顔だけの話であって学力やスポーツ、芸術、さらには礼儀作法や精神性においてやはり私の足元にも及ばないレベルにいたことは間違いがないわ。逆立ちしたって勝てないのなら、相手の足を引っ張って引きずり倒すほうへと注力するのは仕方がないことよね」

雪ノ下は一瞬言葉に詰まったようだが、すぐにいつもの調子でやたらめったら自分を賛辞する美辞麗句を並べ立てる。立て板に水どころかナイアガラの滝も真っ青の怒濤の勢いだ。よく噛まずに言えるもんだと感心してしまった。

ひょっとしてこれがこいつなりの照れ隠しか？　ちょっとは可愛いところもあるもんだな。長々と喋ったせいか、雪ノ下ははぁはぁと息継ぎをしている。心なしか顔も赤い。

「……あまり変なこと言わないでくれる？　怖じ気が走るわ」

「ああ、安心した。やっぱお前全然可愛くねーわ」

というか、俺の知ってる女子よりも戸塚のほうが断然可愛いってどういうことだよ。

そうだ、そんなことより戸塚の話だ。

「戸塚のためにもなんとかテニス部強くならんもんかね」

俺がそう言うと、雪ノ下は目を丸くして俺をじっと見つめる。

「珍しい……。誰かの心配をするような人だったかしら？」

「やーほら。誰かに相談されたのって初めてだったんでついなー」

やっぱり頼りにされるとそれなりに嬉しいもんである。あと、戸塚が可愛いので、つい……。俺の口元が我知らず緩むと、雪ノ下が対抗するように言う。

「私はよく恋愛相談とかされたけどね」

胸を張り自慢げにそう言ったものの、その表情は次第に暗くなる。

「……っていっても、女子の恋愛相談って基本的には牽制のために行われるのよね」

「は？　どういうこと？」

「自分の好きな人を言えば、周囲は気を使うでしょ？　領有権を主張するようなものよ。聞いた上で手を出せば泥棒猫扱いで女子の輪から外されるし、なんなら向こうから告白してきても外されるのよ？　なんであそこまで言われなきゃいけないのかしら……」

またぞろ雪ノ下から黒い炎が立ち上り始める。女子の恋愛相談とかすんげえ甘酸っぱいものを期待したのに、苦々しいものしか感じねぇよ。

なんでこいつってそうやって純真な少年の夢を壊すの？　趣味なの？

雪ノ下は過去の嫌な思い出を押し流すように、ふっと自嘲気味に笑う。

「要するに、何でもかんでも聞いてあげて力を貸すばかりがいいとは限らないということね。昔から言うでしょう？　『獅子は我が子を千尋の谷につき落として殺す』って」

「殺しちゃダメだろ」

正しくは『獅子は我が子を狩るのにも全力を尽くす』な。

「お前ならどうする？」

「私？」

雪ノ下はぱちぱちと目を大きく瞬かせてから、そうね、と思案顔になる。

「全員死ぬまで走らせてから死ぬまで素振り、死ぬまで練習、かな」

ちょっと微笑み混じりなのがマジで怖いです。

俺が半ば本気で引いていると、ガラッと部室の戸が開けられた。

「やっはろー！」

雪ノ下とは対照的にお気楽そうな、頭の悪い挨拶が聞こえる。

由比ヶ浜は相も変わらずアホアホしく抜けた微笑みを湛えていて、悩みなどなさそうな顔をしていた。

だが、その背後に、力なく深刻そうな顔をした人がいる。

自信なさげに下へと伏せられた瞳、由比ヶ浜のブレザーの裾を力なく握る指先、透き通るように白い肌。陽の光を浴びれば泡沫の夢の如く消え失せてしまいそうな、そんな儚げな存在だった。

「あ……比企谷くんっ！」

その瞬間、透き通っていた肌に血の色が戻り、ぱぁっと咲くような笑顔を見せる。その表情でようやく誰かわかった。なんでこいつ、こんな暗い顔してんだよ。

「戸塚か……」

とててっと俺のほうに歩み寄って、今度はきゅっと俺の袖口を握る。おいおいそれは反則だろ……でも、男なんだよな。

「比企谷くん、ここで何してるの？」

「いや、俺は部活だけど……お前こそ、なんで？」

「今日は依頼人を連れてきてあげたの、ふふん」

由比ヶ浜は無駄に人きい胸を反らして自慢げに言った。お前に聞いてない。戸塚の可愛い唇から聞きたかったのに……。

「やー、ほらなんてーの？　あたしも奉仕部の一員じゃん？　だから、ちょっとは働こうと思ってたわけ。そしたらさいちゃんが悩んでる風だったから連れてきたの」

「由比ヶ浜さん」

「ゆきのん、お礼とかそういうの全然いいから。部員として当たり前のことしただけだから」

っていた。

「由比ヶ浜さん、別にあなたは部員ではないのだけれど……」

「違うんだっ⁉」

違うんだっ⁉　びっくりした……。てっきりなし崩し的に部員になってるパターンだと思ってた。

「ええ。入部届をもらっていないし、顧問の承認もないから部員ではないわね」

雪ノ下は無駄にルールに厳格だった。

「書くよ！　入部届くらい何枚でも書くよっ！　仲間に入れてよっ！」

ほとんど涙目になりながら由比ヶ浜はルーズリーフに丸っこい字で「にゅうぶとどけ」と書き始めた。それくらい漢字で書けよ……。

「で、戸塚彩加くん、だったかしら？　何かご用かしら？」

かりかりと、にゅうぶとどけを書いている由比ヶ浜をよそに、雪ノ下は戸塚に目を向けた。

冷たい視線に射抜かれて、戸塚がぴくっと一瞬身体を震わせた。

「あ、あの……、テニスを強く、してくれる、んだよ、ね？」

最初こそ雪ノ下のほうを見ていたが、語尾に向かうにつれて戸塚の視線は俺のほうへと動いていた。俺より身長の低い戸塚は俺を見上げるようにしてこちらの反応を窺っている。

いや、俺を見られても困るんだけど……ドキドキすんだろ、こっちみんなっつーの。

すると、俺を助けたわけではないのだろうが雪ノ下が代わりに答えた。

「由比ヶ浜さんがどんな説明をしたのか知らないけれど、奉仕部は便利屋ではないわ。あなたの手伝いをし自立を促すだけ。強くなるもならないもあなた次第よ」

「そう、なんだ……」

落胆したように、しょんぼりと肩を下げる戸塚。きっと由比ヶ浜が何か調子のいいこと言ったんだろう。「はんこはんこ」と呟きながら、鞄をがさごそやっている由比ヶ浜をちろっと睨む。その視線に気づいて顔を上げた。

「へ？　何？」

「何、ではないわ。あなたの無責任な発言で一人の少年の淡い希望が打ち砕かれたのよ」

雪ノ下の容赦ない言葉が由比ヶ浜に襲いかかった。だが、由比ヶ浜は小首を捻る。

「ん？　んんっ？　でもさー、ゆきのんとヒッキーならなんとかできるでしょ？」

あっけらかんと。由比ヶ浜はそう言い放った。それは受け取り方によっては「できないの？」と小馬鹿にしたようにも聞こえる。

そして、運が悪いことにそういう風に受け取ってしまう奴がいるのだ、ここには。

「……ふぅん、あなたも言うようになったわね、由比ヶ浜さん。そこの男はともかく、私を試すような発言をするなんて」

ニヤッと、雪ノ下が笑った。あー、変なスイッチ入っちゃったよ……。雪ノ下雪乃はどんな挑戦も真っ向から受け止めて全力で叩き潰す。なんなら挑発していなくても叩き潰す。ガンジー並みに抵抗しない俺ですら、容赦なく弾圧してくるような奴なのだ。

「いいでしょう。戸塚くん、あなたの依頼を受けるわ。あなたのテニスの技術向上を助ければいいのよね？」

「は、はい、そうです。ぼ、ぼくがうまくなれば、みんな一緒に頑張ってくれる、と思う」

かっと見開かれた雪ノ下の目に威圧されたのか、戸塚は俺の背中に隠れながら答えた。そおっと俺の肩から顔を覗かせている。その表情には怯えと不安が浮かんでいた。その姿は震える野兎のようでバニーガールの格好とかさせたくなってしまう。

まぁ、こんな氷の女王が手伝うなんて言い出したら普通は怖い。「強くしてやろう、しかしその代償は貴様の命だがなっ！」とか言われてもおかしくない雰囲気だ。魔女かよお前。

俺は戸塚の不安を拭ってやろうと庇うように一歩前に出る。

戸塚に近づくとシャンプーと制汗剤の香りが混じり、得も言われぬ女子高生の香りがした。シャンプー何使ってんの？

「まぁ、手伝うのはいいんだけどよ、どうやんだよ？」

「さっき言ったじゃない。覚えてないの？　記憶力に自信がないならメモをとることをお勧めするわ」

「おい、まさかあれ本気で言ってたのかよ……」

死ぬまでうんたら、を思い出しながら言うと、雪ノ下は「御明察」とばかりににこっと微笑んだ。怖いんだよその笑顔……。

戸塚は白い肌を青白くして小刻みに震えていた。

「ぼく、死んじゃうのかな……」

「大丈夫だ。お前は俺が守るから」

そう言って、ぽんと肩を叩いてやる。すると、戸塚はぽおっと頬を赤らめて熱っぽい視線で俺を見つめる。

「比企谷くん……。本気で言ってくれてるの、かな？」

「や、ごめん、ちょっと言ってみたかっただけ」

男なら一度は言ってみたいセリフベスト三だった。ちなみに一位は『ここは俺に任せて先に行け』である。だいたい俺が雪ノ下に敵うわけもなければ、誰かを守るなんて無理な話である。まぁ、なんだ。適当なこと言ってお茶を濁しでもしないとこいつの不安は消えないだろ。

戸塚ははぁ、と短いため息をつくと、唇を尖らせた。

「比企谷くんはときどきわからないよね……。でも……」

「ふむ、戸塚くんは放課後はテニス部の練習があるのよね？　では、昼休みに特訓をしましょう。コートに集合でいいかしら？」

戸塚の声を遮って雪ノ下は明日からの段取りをてきぱきと決めていく。

「りょーかい！」

ようやくにゅうぶとどけを書き終えた由比ヶ浜（ゆいがはま）がその紙を差し出しながら返事をした。戸塚（とつか）もこくっと頷（うなず）く。と、いうことは、だ。

「それって、……俺も？」

「当然。どうせお昼休みに予定なんてないのでしょう？」

……おっしゃるとおりです。

×　　×　　×

翌日の昼休みから地獄の特訓は始まる予定だった。

なんだって俺はあいつらに付き合ってるんだろうか。

結局のところ、この奉仕部というコミュニティは弱者を掻（か）き集めて、その箱庭の中でゆっくりと微睡（まどろ）んでいるだけのものなんじゃないだろうか。ダメな奴らを集めて仮初（かりそ）めの心地いい空間を与えているだけなんじゃないだろうか。

それは俺が嫌悪した「青春」と何が違うのか。

もしかしたら、平塚（ひらつか）先生はそれこそここをサナトリウムのようにして、俺たちの病巣を取り除こうとしているのかもしれない。

だが、こんなちゃちなことで拭（ぬぐ）い去れるものなら、そもそも病んだりするわけがない。

雪ノ下にしたってそうだ。あいつの抱えてるものが何かは知らないが、それはきっとここで癒えるものではないだろう。

仮に、俺の傷が癒えるとすればそれは戸塚が女の子だった場合だけだろう。このテニスを通じて俺と戸塚の間になにがしかのラブコメが生まれればあるいは違うかもしれない。

俺の知る限り、一番可愛いのは戸塚彩加だ。素直だし、何より俺に優しい。ゆっくりと時間をかけて愛を育めば俺の人間的な成長が見込める可能性はある。

……でもね、あの子、男の子なんですよ。もう、神様のバカ。

俺は軽い絶望感を味わいながら、だがしかし、わざわざジャージに着替えると、テニスコートへと向かう。もしかしたら、戸塚が女の子かもしれないというわずかな希望に賭けて！

俺の学年のジャージは無駄に蛍光色の淡いブルーで非常に目立つ。その壮絶なまでにダサい色合いのおかげで、生徒には大不評で、体育や部活の時間以外にこれを好んで着る奴はいない。

みんながみんな制服姿の中、俺だけがやたらに目立つジャージ姿だった。

そのせいで、面倒くさい相手に捕まってしまった。

「ハーッハッハッハッ八幡」

「高笑いと俺の名前を繋げるな……」

こんな気持ち悪い笑い声をあげるのは総武高校広しといえど、材木座を置いて他にはいない。材木座は腕を組み、俺の進行方向を塞いだ。

「こんなところで会うとは奇遇だな。今ちょうど新作のプロットを渡しに行こうと思っていたところだ。さぁ、括目(かつもく)して見よ！」

「あー、いや悪い。ちょっと今忙しいんだ」

俺はひょいっと脇(わき)に逸(そ)れると、差し出された紙束を軽やかにスルーした。だが、その肩を材(ざい)木座(もくざ)が優しく摑(つか)んだ。

「……そんな悲しい嘘(うそ)をつくな。お前に予定などあるわけがないだろう?」

「嘘じゃねぇよ。ていうか、お前に言われたくねぇんだよ」

なんでみんな同じこと言うんだよ。そんなに暇(ひま)そうに見えんのかよ。……まぁ、実際暇なんだけどよ。

「ふっ、わかるぞ、八幡(はちまん)。つい見栄を張りたくなってしまって小さな嘘をついてしまったんだよな。そして、その嘘がばれるのを防ぐためにさらなる嘘をつく。あとはひたすらその繰り返し。悲しき欺瞞(ぎまん)の無限螺旋(インフィニット・スパイラル)だ。だがな、その螺旋が向かうのは虚無。具体的には人間関係が虚無だ。まだ今なら引き返せるぞ！　……何、我もお前には助けられた。今度は我が助ける番だ！」

材木座が『男なら一度は言ってみたいセリフ』第二位を口にしていた。親指を立てて、びしっと決め顔なのが腹が立つ。

「だから、ほんとに予定が……」

怒りのあまり、ひくっと自分の顔の筋肉が引きつっているのを如実に感じながら材木座を説き伏せてやろうとした。そのときである。

「比企谷くんっ！」

元気なソプラノの声が聞こえ、戸塚が俺の腕に飛びついてくる。

「ちょうどよかった、一緒に行こ？」

「お、おう……」

左肩にはラケットケースが引っかけられている。そして、右手はなぜか俺の左手を握っていた。なんでだよ。

「は、八幡……。そ、その御仁は……」

材木座は驚愕の表情で俺と戸塚を交互に見つめる。次第に、その顔つきは変化していき、どこかで見覚えのあるものによく似た表情になった。あー、あれだ。歌舞伎？　いよーっぽんぽんぽんぽんと音がしそうな勢いで、材木座がくわっと目を見開いて見得を切った。

「き、貴様っ！　裏切っていたのかっ⁉」

「裏切るってどういうことだよ……」

「黙れっ！　半端イケメン！　失敗美少年！　ぼっちだからと憐れんでやっていれば調子に乗りおって……」

「半端と失敗は余計だ」

ぼっちは本当のことなので否定できなかった。

材木座は鬼の形相のまま、ぐるぐると唸りながら俺を睨む。

「絶対に許さない……」

「おい落ち着け、材木座。戸塚は女じゃない。男だ。……たぶん」

「ぷ、ぷぷぷ、ぷじゃけるなぁ――！　こんな可愛い子が男の子なはずがない！」

俺の自信なさげな声に、材木座が絶叫で返してくる。

「確かに戸塚は可愛いが男なんだよ」

「そんな……可愛いとか、ちょっと……困る、な」

俺のすぐ横で戸塚が頬を染めて顔を背ける。

「あの、比企谷くんの、お友達？」

「いや、どうだろうな……」

「ふんっ。貴様のような輩が我の強敵であるはずがない」

材木座は完全に拗ねていた。うわぁ、面倒くせぇ奴……。

だが、材木座の気持ちもわからんでもない。実際、ちょっとシンパシー感じていた奴が実は全然違う感性の持ち主だったりしたとき、裏切られたような一抹の寂しさを感じるのは事実だ。

こういうとき、なんて言えば元の関係性を取り戻せるんだろうか。生憎、経験値が少ない俺ではわからない。

ただ、俺は少しばかり悲しい気分ではあった。もしかしたら、俺とこいつはどこかで通じ合う部分があって、いつかお互いのことを笑って認め合えるようになるんじゃないか、なんて、そんなことを思っていたからだ。

けれど、やっぱりそんなことはありえない。

誰かの顔色を窺って、ご機嫌とって、連絡を欠かさず、話を合わせて、それでようやく繋ぎとめられる友情など、そんなものは友情じゃない。その煩わしい過程を青春と呼ぶのなら俺はそんなものいらない。

ぬるいコミュニティで楽しそうに振る舞うなど自己満足となんら変わらない。そんなものは欺瞞だ。唾棄すべき悪だ。

……ていうかジェラシーな材木座が超めんどくさい。

俺は俺の正しさを、自らの正義を証明すると、そう誓って孤独の道を選んだ。

「戸塚、行こう」

俺はそのまま戸塚の腕を引く。だが、戸塚は「あ、うん……」と返事したきりそこから動かなかった。

「材木座くん、だっけ」

話しかけられた材木座は若干キョドりながらも、こくっと頷く。

「比企谷くんのお友達なら、ぼくともお友達になれる、かな。そうだと、嬉しいんだけど。ぼく、男子の友達あんまり多くない、から」

　そう言ってはにかむように戸塚は微笑んだ。

「フッ、くっ、クゥーックックックッ。如何にも我と八幡は親友。否、兄弟。否否否、我が主であやつが僕。……まぁ、そこまで言われては仕方があるまい。貴公の、そ、そのお、オトモダチ？　になってやろう。なんなら恋人でもいい」

「うん、それはちょっと……、無理、かな。友達ってことで」

「ふむ、そうか。………おい、八幡。ひょっとしてこれ我のこと好きなんじゃないか？　モテ期？　モテ期というやつか？」

　材木座は急速に俺にすり寄ってきて、小声で耳打ちしてくる。

　……やっぱ材木座とか友達じゃないや。

　美少女と仲良くなれるとわかった瞬間、高速手の平返しをするような奴が友達なはずがない。

「……戸塚、行こう。遅れると雪ノ下がキレる」

「む、それはいかんな。急ごうではないか。あの御仁、……ほんと怖いからなぁ」

　言うや、材木座が俺と戸塚のあとをついてくる。どうやら材木座が仲間になったらしい。なぜか一列になって歩く俺たちの姿は傍から見ると、ドラクエっぽいかもしれない。……や、ドラクエっていうより、桃鉄のキングボンビーって感じだよな。

×　×　×

テニスコートには既に雪ノ下と由比ヶ浜がいた。

雪ノ下は制服のままで、由比ヶ浜だけがジャージに着替えていた。

ここで昼食をとっていたんだろう。俺たちの姿を見つけるとそのやたらに小さい弁当箱を手早く片付ける。

「では、始めましょうか」

「よ、よろしくお願いします」

雪ノ下に向かって、戸塚がぺこりと一礼する。

「まず、戸塚くんに致命的に足りていない筋力を上げていきましょう。上腕二頭筋、三角筋、大胸筋、腹筋、腹斜筋、背筋、大腿筋、これらを総合的に鍛えるために腕立て伏せ……とりあえず、死ぬ一歩手前ぐらいまで頑張ってやってみて」

「うわぁ、ゆきのん頭よさげ……え、死ぬ一歩手前？」

「ええ。筋肉は傷めつけたぶんそれを修復しようとするのだけれど、その修復の際に、以前よりもより強く筋繊維が結びつく、これを超回復というの。つまり、死ぬ直前までやれば一気にパワーアップ、というわけよ」

「んな、サイヤ人じゃねぇんだからよ……」

「まぁ、すぐに筋肉がつくわけではないけれど、基礎代謝を上げるためにもこのトレーニングはしておく意味があるわ」

「基礎代謝？」

由比ヶ浜がはてなと小首を傾げながら聞く。そんなものも知らんのかお前は。雪ノ下もやや呆れ顔だったが責めるより説明したほうが早いと思ったのか手短に付け足す。

「簡単に言うと、運動に適した身体にしていくということね。基礎代謝が上がるとカロリーを消費しやすくなるの。端的に言ってエネルギー変換効率が上がるのよ」

それを聞き、ふんふんと頷く由比ヶ浜。不意にその瞳が煌めいた。

「カロリーを消費しやすく……つまり、痩せる？」

「……そうね。呼吸や消化のときにもカロリーをより消費するようになるから、生きてるだけで痩せていくことになるわね」

雪ノ下の言葉に由比ヶ浜の瞳が輝きを増す。なぜか戸塚以上にやる気を漲らせていた。すると、触発されたように戸塚もきゅっと拳を握る。

「と、とにかくやってみるね」

「あ、あたしも付き合ってあげる！」

戸塚と由比ヶ浜は腹ばいになるとゆっくり腕立て伏せを始めた。

「んっ……くっ、ふう、はぁ」

「うぅ、くっ……んあっ、はぁはぁ、んんっ！」

押し殺した吐息が漏れてくる。苦悶に顔を歪めながら、薄く汗を掻き、頬は上気している。戸塚の細い腕ではかなりきついのか、時折すがるような視線を俺に向けてくる。下からゆっくりと見つめられると、何というかその……奇妙な気分になる。

由比ヶ浜が腕を曲げると、体操服の襟元から眩しい肌色がちらっと覗く。いかん。直視できん。

さっきから俺の心拍数がやたら上がっていて、これはもう不整脈の可能性がある。

「八幡……なぜだろうな。我は今、とても穏やかな気分だ……」

「奇遇だな。俺も同じ気持ちだ」

ときどきちら見しながらにへらっと笑っていると、背中に冷水をぶっかけるような声がした。

「……あなたたちも運動してその煩悩を振り払ったら？」

振り返ると、雪ノ下が心底蔑んだ瞳で俺を見ていた。煩悩とか言われちゃったよ。気づいてたのかよ……。

「ふ、ふむ。訓練を欠かさぬのは戦士の心得。どおれ、我もやるとするか！」

「だ、だな。運動不足は怖いもんな、糖尿とか痛風とか、あーあと肝硬変とかなっ！」

がばっとものすっごい勢いで俺たちは腕立て伏せを始めた。すると、雪ノ下はわざわざ俺の正面に回り込む。

「そうやってると、斬新な土下座に見えないこともないわね」

そう言って雪ノ下はくすっと笑う。

んだと、この野郎。穏やかな心を持つ俺も思わず怒りによって目覚めちゃうぞ。何がだよ。もし、仮に目覚めるとしたら「腕立て伏せ萌え」という性癖くらいだ。

……俺たち、いったい何やってんだ。

塵も積もれば山となる、という言葉をご存じだろうか。もしくは三人寄れば文殊の知恵でもいい。要するに、寄り集まった者たちはより強固になる、ということである。

けれど、俺たちは、ダメな奴らが集まってダメなことをやってるだけだ。

結局、昼休みまるまる腕立て伏せをさせられて、俺は深夜に筋肉痛でのたうち回ることになった。

誕生日
5月9日

特　技
テニス
ジグソーパズル

趣　味
手芸

休日の過ごし方
ゆっくりお風呂に入ったり、
散歩

材木座義輝
yoshiteru zaimokuza

誕生日
11月23日

特　技
剣術、執筆、精神統一

趣　味
読書(マンガ、ラノベ)
ゲーム(RPG、SLG、ギャルゲ)
アニメ鑑賞
ネット

休日の過ごし方
執筆
秋葉原巡り

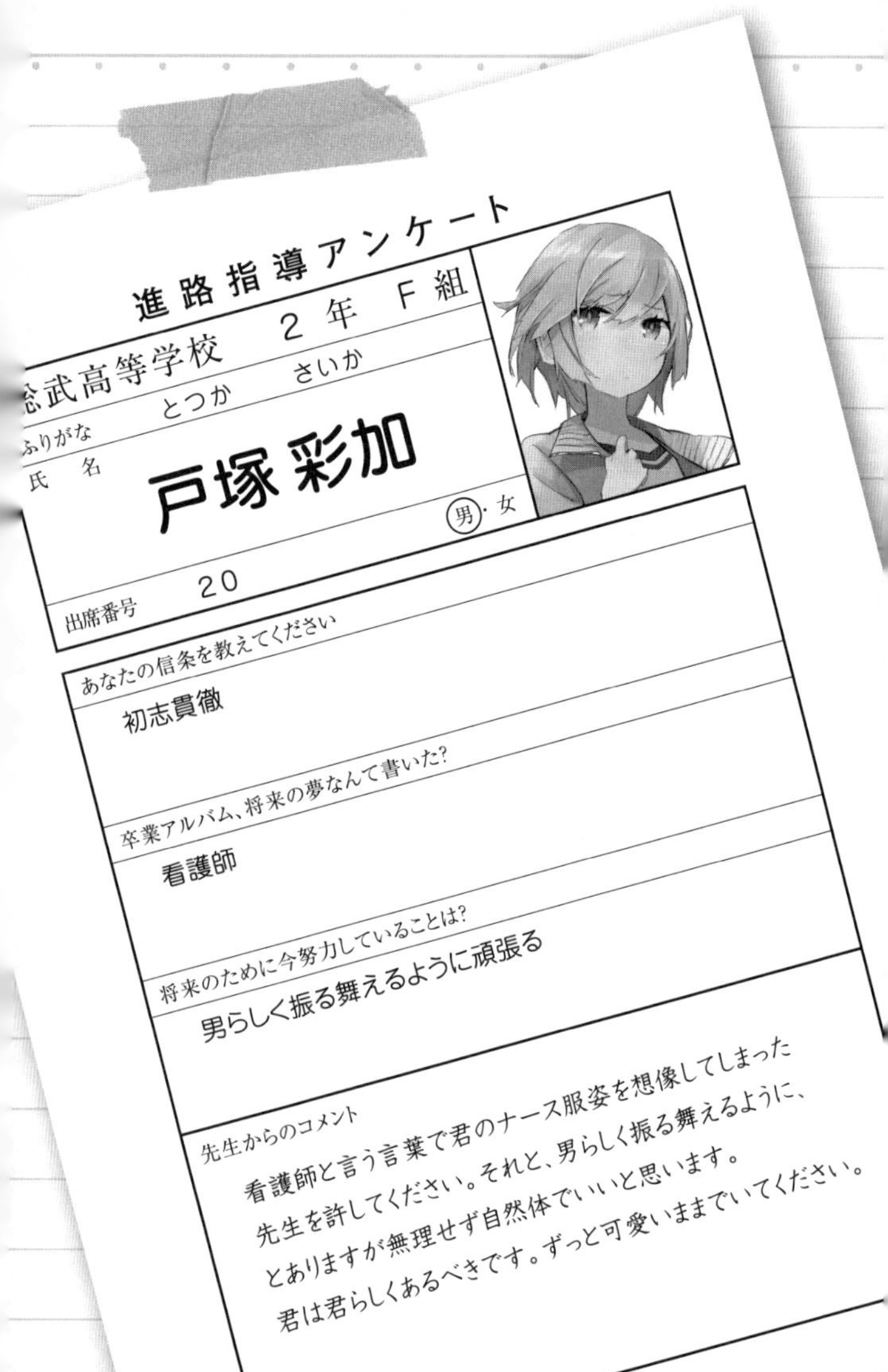
進路指導アンケート

総武高等学校　2年　F組

ふりがな　とつか　さいか

氏　名　戸塚彩加

男・女（男に丸）

出席番号　20

あなたの信条を教えてください

初志貫徹

卒業アルバム、将来の夢なんて書いた?

看護師

将来のために今努力していることは?

男らしく振る舞えるように頑張る

先生からのコメント

看護師と言う言葉で君のナース服姿を想像してしまった先生を許してください。それと、男らしく振る舞えるように、とありますが無理せず自然体でいいと思います。君は君らしくあるべきです。ずっと可愛いままでいてください。

「ひょっとして戸塚、我のこと
好きなんじゃないか？
モテ期？
モテ期と言うやつか？」
「戸塚、
お前は弱くていい。
俺が守るから……」

7

たまにラブコメの神様はいいことをする。

そんなこんなで日々が過ぎ、俺たちのテニスは第二フェイズに突入していた。

かっこよく言ったが、要するに基礎訓練を終えて、いよいよボールとラケットを使っての練習に入ったのだ。

とはいっても、練習をするのは戸塚だけ。戸塚だけが鬼教官、もとい雪ノ下の指導の下、ひたすら壁打ちをしている。

まぁ、俺たちがテニス部相手の練習になぞ付き合えるはずもなく、それぞれが好き勝手に時間を過ごしていた。

雪ノ下は木陰で本を読みながらときどき思い出したように戸塚の様子を見ては檄を飛ばす。

由比ケ浜は最初こそ戸塚と一緒になって練習に参加していたが、すぐに飽きてほとんどの時間、雪ノ下の近くで寝息を立てていた。散歩に連れてったら疲れて公園の水飲み場でへたり込む犬みたいだった。

で、材木座は材木座で必殺魔球の開発に余念がない。あー、もうどんぐり投げんなどんぐり。

それとラケットでクレーコート穿り返すな。

ダメな奴らは集まったところでやはりダメなのである。

俺？

俺はコートの片隅でぼーっとアリの観察をしていた。これが超楽しい。

いやマジ楽しいよ？

ちょこまかと動き回る小さきものたちは何を考えているのかわからんが、せせこましく生きていた。何と言うか、東京のオフィス街にある高いビルから下を見下ろしたらこんな感じなのかもしれない。

黒いスーツを着たサラリーマンたちが行き交う姿と働きアリの姿が重なって見える。

いずれは俺もあのアリたちの如く、ビルから見下ろしたときの黒点の一つになるのだろうか。そのとき、何を思い俺は生きるのだろう。

別にサラリーマンが嫌なわけではない、むしろ、サラリーマンになりたいとすら思う。保障もしっかりしてるし。専業主夫に続いて「将来なりたいものランキング」第二位だ。第三位は消防車。車になっちゃうのかよ。

無論、サラリーマンがいいことだけではないのはよく知っている。人生に疲れた表情で帰ってくる父親を見ると頭が下がる。嫌なことがあってもちゃんと会社に行くだけ偉いと思う。

だから、ついつい自分の父親とダブって見えるアリを心の中で応援してしまう。

頑張れ親父、負けるな親父、禿げるな親父。

俺は自分の未来を夢見ながら、そして自分の頭髪の将来を心配してそう念じる。

俺の祈りが通じたのか、そのアリは自分の帰るべき巣穴を目指して歩んでいった。きっとそこには温かな家庭があることだろう。

よかった。

感動のあまり、洟を啜りあげて涙を拭った。

その瞬間。

ザッシュッ!!

「親父ぃ――――っ!!」

アリは、その痕跡も残さずに、ボールとともに、遥か遠くへと、消えて行った。

俺は怒りに燃えた瞳でボールが来た方向を睨み付ける。

「ふむ、土煙を巻き起こして相手を幻惑し、その隙に球を叩きこむ。……どうやら、魔球が完成してしまったようだな。豊穣なる幻の大地『岩砂閃波』が!」

材木座、お前か……。お前が親父（アリです）を……。が、まぁいいよね。別にアリだし。

南無南無と軽く手を合わせておく。

当の材木座は技の成功の余韻に浸っているのか、ラケットをくるくると振り回してからスチャッと肩に乗せてポージング。経験値が上がった風だった。

まぁ、材木座のこともアリのこともどうでもいい。

……暇つぶしに戸塚の可愛い姿でも見てるか。

視線の先では、いつの間にか起きてきていた由比ヶ浜が、雪ノ下の指示のもと、ボールカゴをえっちらおっちら運んでいる。

それを次から次へと、ぽいぽい放り投げては戸塚が必死に食らいついていた。

「由比ヶ浜さん、もっとあの辺とかその辺とか厳しいコースに投げなさい。じゃないと練習にならないわ」

雪ノ下の落ち着いた声とは対照的に、荒い息を吐きながら戸塚はライン傍やネット際の球をさばく。

雪ノ下は本気だった。本気で性格が悪かった。

……じゃなくて、本気で鍛えていた。怖いからこっち見るなよ……。なんで俺の考えてることがわかんだよ……。

由比ヶ浜が適当に投げる球は、フォームはもちろん、狙いも出鱈目でいつも予期せぬ場所へ飛んでいく。それを捕えようと戸塚は走るが、二十球目あたりで、ずざーっとすっ転んだ。

「うわ、さいちゃんだいじょぶ!?」

由比ヶ浜の手が止まり、ネット際に駆け寄る。戸塚は擦りむいた足を撫でながら、濡れそぼった瞳でにこりと笑い、無事をアピールした。健気な奴だ。

「大丈夫だから、続けて」

だが、それを聞いて雪ノ下は顔を顰めた。

「まだ、やるつもりなの？」

「うん……、みんな付き合ってくれるから、もう少し頑張りたい」

「……そ。じゃあ、由比ヶ浜さん。後は頼むわね」

そう言ったきり、雪ノ下はくるっと踵を返すとすたすたと校舎のほうへと消えて行ってしまう。それを不安げな表情で見送った戸塚がぽつりと漏らした。

「な、なんか怒らせるようなこと、言っちゃった、かな？」

「いや、あいつはいつもあんなもんだ。むしろ、愚かだの低能だの言ってないぶん、機嫌がいい可能性だってある」

「それ言われてるのヒッキーだけじゃないの？」

いや、由比ヶ浜、お前も結構言われてると思うぞ。気づいていないだけで。

「もしかしたら、呆れられちゃったの、かな……。いつまでたってもうまくならないし、腕立て伏せ五回しかできないし……」

戸塚ががくりと肩を落として俯いた。んー、まあ、雪ノ下のイメージ的になくはないと思う。

けど、

「それはないと思うよー。ゆきのん、頼ってくる人を見捨てたりしないもん」

ころころと手の中でボールを転がしながら、由比ヶ浜が言った。

「まぁ、そうだよな。由比ヶ浜の料理に付き合うくらいだ。だったらまだ見込みがありそうな戸塚のことを見捨てはしないだろうな」

「どういう意味だっ!?」

由比ヶ浜が手の中でもてあそんでいたテニスボールを俺の頭めがけて放り投げた。ぽこーんと間抜けな音を立ててクリーンヒットする。おい、マジかよお前めっちゃコントロールいいな、次のドラフト引っかかっちゃうぞ。

俺はてんてんと転がるボールを拾って由比ヶ浜のほうに軽く放ってやった。

「そのうち戻ってくるだろ。続けてていいんじゃないか」

「……うんっ！」

元気よく答えた戸塚は再び練習に戻る。

それからは弱音の一つも言わず、泣き言だって口にしない。

戸塚はよく頑張っていた。

「もう疲れた～、ヒッキー交代してよ」

由比ヶ浜のほうが先に音をあげちゃったよ……。

まぁ実際、俺もなんだかんだで暇だった。

やることなんてせいぜいアリの観察くらいである。

そのアリも材木座に殺害されてしまい、今や完全に手持ちぶさた。やることがなかった。

「わかった。代わる」

「やった。あ、これ始めて五球で飽きるから気を付けてね」

五球かよ、早過ぎんだろ、どんだけ堪え性ないんだよ。

俺が由比ヶ浜からボールを受け取ろうとしたとき、それまでにこにこ顔だった由比ヶ浜の表情が曖昧な、どこか暗い色の混ざったものになる。

「あ、テニスしてんじゃん、テニス！」

きゃぴきゃぴとはしゃぐような声がして、振り返ると葉山と三浦を中心にした一大勢力がこちらに向かって歩いてくるのが見えた。ちょうど材木座の横を通り過ぎたあたりで、向こうも俺と由比ヶ浜の存在に気づいたらしい。

「あ……。ユイたちだったんだ……」

三浦の横にいた女子が小声でそう漏らす。

三浦は俺や由比ヶ浜をちらと見たきり、軽く無視して戸塚に話しかけた。どうやら材木座のことは端から見えていないらしい。

「ね、戸塚ー。あーしらもここで遊んでていい？」

「三浦さん、ぼくは別に、遊んでるわけじゃ、なくて…練習を…」

「え？　何？　聞こえないんだけど」

戸塚の小さすぎる抗弁が聞き取れなかったのか、三浦の言葉で戸塚は押し黙ってしまう。いや俺だってあんな風に聞き返されたら絶対黙るわ。ほんと怖い。

戸塚はなけなしの勇気を掻き集めて再び口を開く。

「れ、練習だから……」

だが、女王はそれを屁とも思わない。

「ふーん、でもさ、部外者混じってるじゃん。ってことは別に男テニだけでコート使ってるってわけじゃないんでしょ？」

「そ、それは、そう、だけど……」

「じゃ、別にあたしら使っても良くない？　ねぇ、どうなの？」

「……だけど、」

そこまで言ってから戸塚が困ったように俺のほうを見る。え、俺？

うん、まぁ俺しかいないか。雪ノ下はどっか行ったまんまだし、由比ヶ浜は気まずげに顔を逸らしてるし、材木座はどうでもいいし。……俺しかいないか。

「あー、悪いんだけど、このコートは戸塚がお願いして使わしてもらってるもんだから、他の人は無理なんだ」

「は？　だから？　あんた部外者なのに使ってんじゃん」

「え、いや、それは戸塚の練習に付き合ってるわけで、業務委託っつーかアウトソーシングなんだよ」

「はぁ？　何意味わかんないこと言ってんの？　キモいんだけど」

うわぁ、この女こっちの話聞く気一切ねーよ。これだからバカビッチは嫌なんだよ。言葉が通じないとかそれもう霊長類としてどうなの？　そこらの犬のほうがまだ会話になるよ？

「まぁまぁ、あんまケンカ腰になんないでさ」

葉山がとりなすようにして間に入る。

「ほら、みんなでやったほうが楽しいしさ。そういうことでいいんじゃないの？」

その言葉がカチンと来た。三浦によって撃鉄が起こされ、葉山が引き金を引いた。

なら後はうつだけだ。

「みんなって誰だよ……。かーちゃんに『みんな持ってるよぉ！』って物ねだるときに言うみんなかよ……。誰だよそいつら……。友達いないからそんな言い訳使えたことねぇよ……」

「撃つ」と「鬱」のダブルミーニング！　奇跡のコラボレーション！

これにはさすがの葉山と言えど、動揺したらしく、

「あ、いや。そういうつもりで言ったわけじゃないんだ。……なんか、ごめんな？　その、悩んでるんなら俺でよければ相談乗るからさ」

すごい勢いで慰められていた。

葉山はいい奴だった。思わず、「ありがとう…」とか涙ながらに言いそうになってしまったけどな。

その程度の安い同情で救われてたら、こんな性格になってねぇんだよ。そんな言葉一つで誰かの悩みが解決できるなら、そもそも悩みゃしねーんだよ。

「……葉山、お前の優しさは嬉しい。お前の性格がいいのはよくわかった。そして、サッカー部のエースだ。その上、お顔までよろしいじゃないですか。さぞや女性におモテになられるんでしょうな！」

「い、いきなりなんだよ……」

突然のヨイショに葉山が明らかな動揺を示す。ふん、せいぜいいい気になるがいい。

葉山、お前は知らないだろう。

なぜ人が人を褒めると思う？　それはな、さらなる高みに持ち上げることで足元を掬いやすくし、高所から叩き落とすためなんだよっ！

これを人は褒め殺しと呼ぶ。

「そんないろいろと持っていて優れているお前が、何も持っていない俺からさらにテニスコートまで奪う気なの？　人として恥ずかしいと思わないの？」

「そのとおりだっ！　葉山某！　貴様のしていることは人倫に悖る最低の行動だ！　侵略だ！　復讐するは我にありっ！」

いつの間にか材木座が寄ってきて、隣で怪気炎をあげる。

「ふ、二人揃うと卑屈さと鬱陶しさが倍増する……」

横で由比ヶ浜が絶句する中、葉山は頭をがしがしと掻いてから短いため息をついた。

「んー、まぁそうかぁ…」

思わず俺の口元から邪悪な笑みがこぼれてしまう。そうなのだ。葉山は場を荒立てることを好まない。今言う「場」というのはまさに俺と材木座と葉山。多数派に押し切られる形で葉山はこの場を納めようとしている。

「ねー、ちょっと隼人ー」

気だるげな声が脇から滑り込んできた。

「何だらだらやってんの？　あーし、テニスしたいんだけど」

かー、出たよアホ巻き毛。脳細胞まで曲がってんのかよ。話の流れちゃんと追えよ。お前みたいな奴がアクセルとブレーキ間違えて踏むんだよ。

実際、三浦はアクセルとブレーキを間違えていた。

その言葉のせいで葉山に少し考える余地を与えてしまった。わずかな間隙が彼の思考のイッグニッションキーを回してしまう。

「んー。あ、じゃこうしよう。部外者同士で勝負。勝ったほうが今後昼休みにテニスコート使えるってことで。もちろん、戸塚の練習にも付き合う。強い奴と練習したほうが戸塚のためにもなるし。みんな楽しめる」

……何その一部の隙もないロジック。天才なの？

「テニス勝負？　……なにそれ、超楽しそう」

三浦が炎の女王特有の獰猛な笑みを浮かべる。

その瞬間、わっと取り巻きの連中が沸き立った。

勝負という熱に浮かされて、熱狂と混沌を伴い、第三フェイズに突入した瞬間だった。

かっこよく言ったが、まぁ要するにテニスコートを賭けて勝負、である。

なんでそうなんだよ……。

×　×　×

さっきは冗談めかして、熱狂と混沌とか適当なことを言ったが、それが現実のものとなってしまった。

今や、校庭の端に位置するこのテニスコートには人がひしめき合っていた。

数えてみればたぶん二百名を優に超しているだろう。葉山グループはもちろんのこと、どこから話を聞きつけたのかそれ以外の連中も多く押し寄せていた。

その大半が葉山の友人、およびファンである。二年生が主ではあるが、なかには一年生も交じっており、ちらほらと三年生の姿も見える。

マジかよこいつ。そこらの政治家よりも人望あんじゃねぇの。

「HA・YA・TO!　フゥ！　HA・YA・TO!　フゥ！」

　ギャラリーの葉山コールのあとはウェーブが始まった。まるっきりアイドルのコンサートだ。まぁ、みんながみんな本気で葉山のファンっていうよりは大半の連中は面白そうな出来事に悪ノリしているんだろうが。だよね？　そうだと信じたい。

　どちらにせよ、そのノリは傍から見ていると薄ら寒く、ほとんど宗教がかっているといっていい。実に恐ろしきは青春教である。

　その混乱のるつぼの中、葉山隼人は堂々とコートの中央へと歩みだす。これだけのギャラリーに囲まれてもどこにも怯んだ様子はない。この程度の注目には慣れているのだろう。葉山の周りには件の取り巻きだけでなく、他クラスの女子やら男子やらも集まっていた。

　俺たちは完全に呑まれてしまっている。視線がさっきからあっちへふらふらこっちへよろろ、目を瞑ると耳をつんざく喧噪でくらくらする始末。

　葉山は既にラケットを握ってコートに立っている。こちらから誰が出てくるのか興味深そうに眺めていた。

「ね。ヒッキー、どうすんの？」

「どうするも何も……」

　不安げな表情の由比ヶ浜に問われ、俺はちらりと戸塚を見る。その戸塚はと言えば、余所のおうちに連れて行ったウサギみたいになっていた。

俺の傍に歩いてくるのにもおっかなびっくりで内股気味になっている。何あれ超可愛い。

そう思ったのは俺だけではないらしく、庇護欲をそそる姿に「王子ー」とか「さいちゃーん」といった女子の黄色い声援が飛ぶ。

だが、戸塚はその声援が聞こえるたびにびくっと肩を震わせていた。その様子を見て戸塚ファンはさらに悶えて歓声をあげる。思わず俺も悶えてしまった。

「戸塚は出れないんだよな……」

葉山は部外者同士の勝負といった。つまりこれは戸塚とテニスコートを賭けた勝負なのだ。

「……材木座、お前テニスできるか？」

「任せておけ。全巻読破したし、ミュージカルまで見に行ったクチだ。庭球には一日の長がある」

「お前に聞いた俺が馬鹿だった。あと、テニス言い換えたんならミュージカルも直せよ」

「では八幡が出るほかあるまい。……おい、ミュージカルは日本語で何というのだ？」

「そうだよな……」

「何か勝算はあるのか？　……だから、ミュージカルは日本語で何と言うのだっ!?」

「勝算なんかねーよ。あとうるせぇ。言い換えられないならキャラのほう変えちまえよ、どうせもう崩壊してんだから」

「な、なるほど……。お前、頭いいなぁ」

素で感心されてしまった。材木座の問題はこれで解決したようだが、こっちの問題は何一つ片付いていない。はぁ……どうしたもんかな。

頭を抱えて悩んでいると、苛立ちに満ちた声が無遠慮に投げつけられる。

「ねぇ、早くしてくんない？」

うっせーなこのビッチと思って顔をあげるとそこにはラケットを確かめるようにして握る三浦の姿がある。それを意外に思ったのは俺だけではなく、葉山も同様だったようだ。

「あれ？　優美子やんの？」

「はぁ？　当たり前だし。あーしがテニスやりたいっつったんだけど」

「いやー。でも向こうたぶん男子出てくるんじゃないか。ほら、あのー、ヒキタニくん、だっけ。彼。そしたら、ちょっと不利だろ」

誰だよヒキタニくん。ヒキタニくんは出ません。ヒキガヤくんが出ます。……たぶん。

葉山が諭すように言うと、三浦は縦ロールみたいなやつをみょんみょんと伸ばしながら、少しばかり考えた。

「――あ、じゃ、男女混合ダブルスにすればいんじゃん？　うそやだあーし頭いんだけど。っつっても、ヒキタニくんと組んでくれる子いんの？　とかマジウケる」

三浦がゲラゲラゲラと甲高い下品な声で笑うと、ギャラリーにもどっと笑いが巻き起こった。俺も思わず笑ってしまう。

くっくっくっ、くーっくっくっく、く、くくやしいが効果は抜群だ。俺は目の前が真っ暗になった。

「八幡。これはまずいぞ。お前には女子の友達は皆無。見知らぬ女生徒にお願いしてみたところでボッチ野郎でジミオのお前に手を貸してくれる人などいないだろう。どうする？」

材木座うるせー。しかもそのとおりだから言い返せもしねぇ。

今さら「ごっめーん、やっぱさっきのナ・シ・で☆」と言い出せない雰囲気になってしまった。どうしようかと材木座のほうをちらりと見ると、あいつも気まずそうに目を逸らし、ふけもしない口笛をぴーぴーと吹かしてごまかしていた。

俺が思わずため息を吐くと、連鎖したのか由比ヶ浜と戸塚もため息をついた。

「……」

「比企谷くん。ごめんね。ぼく、女の子だったらよかったんだけど……」

ほんとになー、なんで戸塚女の子じゃないんだろうなー。こんなに可愛いのになー。

「……気にすんな」

心中はおくびにも出さず、俺は戸塚の頭をぽんと叩く。

「それから……、お前も気にしなくていいからな。ちゃんと居場所があるんなら、それを守るべきだ」

俺が言うと、由比ヶ浜はぴくっと肩を震わせて、申し訳なさそうに唇を噛む。

由比ケ浜にだってクラスでの立場がある。こいつは俺と違ってちゃんと人間関係を作れる奴なのだ。まだ三浦たちと仲良くしたいという想いが少なからずある。

俺は確かにぼっちだが、だからといって他の仲良くよろしくやってる連中に嫉妬しているわけじゃない。その不幸を祈っているわけじゃない。……嘘じゃないぞ？　ほんとだぞ？

別に俺たちは仲良しサークルでもないし、オトモダチでもない。何の因果か集まった、あるいは集められてしまった寄せ集めの集団だ。

ただ俺は証明したいだけなのだ。ぼっちは可哀想な奴なんかじゃないと、ぼっちだから人に劣っているわけではないと。

そんなのは俺の独りよがりだとわかっている。もうね、独りで超ヨガってる。なんならテレポートとかするし、ファイアとか吐く。

けれど、俺は今の自分を過去の自分を否定しない。一人で過ごした時間を罪だと、一人でいることを悪だと、決して言わない。

だから、俺は自らの正義を証明するために戦う。

コートの中央へと一人で歩き出した。

「…………………………………る」

小さな、とても小さな、ともすれば群衆に掻き消されてしまいそうな吐息が漏れた。

「あ？」

「やるって言ったの！」

うーっと小さな声で唸りながら、由比ヶ浜は真っ赤な顔をしていた。

「由比ヶ浜？　バカ。ばっかお前、やめとけっつーの」

「バカとはなによっ！」

「なんでお前がやんの？　バカなの？　それとも俺のこと好きなの？」

「は、……はぁ？　な、何言ってんのバカじゃん。バァ――――カ!!」

由比ヶ浜はとんでもない剣幕でバカバカ連呼し、怒りのあまり真っ赤になる。俺からラケットを奪うとぶんぶん振り回した。

「すすすみませんでしたっ！」

なんとか躱しつつ、秒速で謝る。耳元をひゅんと掠める音がもうほんと怖い。謝りつつ、「じゃあなんで？」と目だけで問うと由比ヶ浜は察したのか、照れたようにあらぬ方向を見た。

「……やー、なんてーの？　あたしも奉仕部入ったし……、なら、やるでしょ普通。……居場所、だし」

「いや、落ち着け？　空気読め？　お前の居場所ってここだけじゃないだろ？　ほら、お前のグループの女子、お前のことガン見じゃん」

「え、うそマジ？」

俺の言葉に顔を引きつらせながら由比ヶ浜は葉山たちのほうへ目をやろうとした。首がギギギッと音を立てるように動く。クレ5〇6かなんか塗っとけよってくらい不自然だ。

葉山グループの女子、三浦を先頭に腕を組んでこちらを見ていた。当たり前だ、あんだけでかい声で宣言してんだから聞こえるだろうが。

マスカラとアイラインで真っ黒に彩られた不自然なまでに大きい三浦の瞳には敵意が宿り、くるくるとドリルのように巻かれたブロンドの髪が不機嫌そうに揺れる。お蝶夫人かよ。

「ユイー、あんたさぁ、そっち側つくってことはあーしらとやるってことなんだけど、そういうことでいいわけ?」

女王然とした三浦は腕を組み、爪先をぱたぱたと地面に打ち付けている。女王怒りのポーズである。その姿に威圧されて、由比ヶ浜はそっと目を伏せてしまう。スカートの裾を摑んだ指先は緊張のためか小刻みに震えていた。

物見高いギャラリーがざわざわと囁きを交わす。こんなのは公開処刑と変わらない。

けれど、由比ヶ浜は顔をあげる。しっかりと前を向いた。

「……そ、そういうわけ……ってことでもない、けど。でも、あたし、部活も大事だから!だから、やるよ」

「へー、……そーなん。恥かかないようにね」

三浦はそっけなく答える。だが、その顔には笑みが浮かんでいた。燃え盛る獄炎の笑顔が。

「着替え。女テニの借りるから、あんたも来れば?」

三浦はコート脇にあるテニス部の部室を顎で指した。たぶん優しさなんだろうが、その仕草だと「部室裏でお前シメっから」にしか見えない。それに強張った表情でついていく由比ヶ浜を、周囲が哀れみの表情で見送る。

まぁ、なんだ。御愁傷様。

「あのさー、ヒキタ一くん」

合掌している俺に葉山が話しかけてくる。俺に話しかけてくるとかこいつ相当コミュ力高いな。名前間違えてるけど。

「なんだよ?」

「俺、テニスのルールよくわかんないんだよね。ダブルスとか余計難しいし。だから、適当でもいいかな?」

「……まぁ、素人テニスだしな。単純に打ち合って点取り合う、でいいんじゃねぇか。バレーボールみたいな感じで」

「あ、それわかりやすくていいね」

葉山は爽やかに笑う。俺もそれに合わせてニヤリと嫌な感じの笑顔で笑った。

そうこうしてると二人が戻ってきた。

由比ヶ浜は顔を赤くしながら、一生懸命裾を直しつつ歩いてくる。ポロシャツみたいなユニフォームにスコートを履いている。

「なんか……テニスの格好って恥ずっ……スカート短くない？」

「いや、お前普段からそんくらいの短さじゃん」

「なっ⁉　何それ⁉　い、いつも見てるってこと⁉　キモいキモい！　マジでキモいからっ！」

由比ヶ浜がこっちをキッと睨み付けてラケットを振り上げた。

「大丈夫！　全然見てないよ！　眼中にないよ！　安心して！　ていうか、ぶたないで！」

「なんか……それもムカつくんだけど……」

ぶつぶつ言いながらも由比ヶ浜はラケットをゆっくりと下ろす。

そのタイミングを見計らって材木座がごふごふと咳き込んだ。

「ふむ。八幡。作戦のほうはどうする」

「まぁ、ペアの女子のほうを狙うのが上策だろうな」

あんな頭の悪そうな女なら秒殺だろう。まず間違いなくあいつが穴だ。真正面から葉山と打ち合うよりはよほど分がいい。だが、由比ヶ浜はそれを聞くと頓狂な声をあげる。

「はぁ？　ヒッキー知んないの？　優美子、中学んとき女テニだよ？　県選抜選ばれてるし」

言われて、ゆみこたらいうお蝶夫人のほうを観察した。確かに素振りもなかなか様になっているし、身体の動きも非常に軽やかだ。それを見て材木座がぽつりと漏らす。

「ふっ、縦ロールは伊達じゃないということか」

「あれ、ゆるふわウェーブだけどね」

どっちでもいいっつーの。

× × ×

試合は火花散るような一進一退の攻防を見せた。

始まった当初こそ、ギャラリーは熱い雄叫(おたけ)びや黄色い声援を送っていたが、息の詰まるような接戦が続くと次第に目で追い、ポイントが決まるとため息をついたり、快哉(かいさい)をあげたりするようになった。まるでテレビでやっているプロの試合のようだ。

長いラリーで極度の緊張状態が続く。一球打つごとに精神を削り合うような試合運びだった。

その均衡を打ち破ったのは縦ロールが放ったサーブだった。

ヒュパッとラケットが鳴ったと思ったら、コートに弾丸の如(ごと)くボールが突き刺さり、後方へと飛んでいく。

何、今の？　打球も縦ロールしてなかった？

結論から言ってお蝶夫人はかなりのハイレベルプレーヤーだった。

「めっちゃ強いじゃん……」

思わず呟(つぶや)きが漏(も)れた。

「だから言ったじゃん」

なぜか由比ヶ浜に自慢げに言われてしまう。お前、ほんとに俺の味方か？

「っつーか、お前さっきから全然球触ってねぇだろ……」

「いやー、テニスってあんまやったことなくってさ」

たははーと笑ってごまかす由比ヶ浜。

「……お前、テニスやったことないのにここにいんの？」

「むっ。わ、悪かったわね！」

アホ。逆だ逆。お前どんだけいい奴なんだよ。やったこともない競技なのに、それでも戸塚のために、大勢の前で試合できるなんてなかなかできるもんじゃない。これでテニスが上手かったら最高にかっこいいだんだが、そううまくも行かないのが人生ってもんだ。

最初こそ、俺が壁打ちで鍛えた正確無比なサーブと、寸分のくるいもないレシーブで善戦していたが、後半に差し掛かるにつれ差は徐々に開き始めていた。

というのも、相手ペアが由比ヶ浜を集中狙いしだしたからだ。

俺が意外なまでに好プレーを連発することに驚いたのか、標的を変えてきた。まぁ、俺なんて眼中にない、という説もある。

「由比ヶ浜。お前前衛にいろ。基本俺が後ろで捌く」

「んっ。お願い」

基本方針を確認し、所定の位置に着く。

葉山の速くて重いサーブが飛んできた。コートの隅っこ、一番外れの場所にピンポイントで当たり、より遠くへと飛び跳ねていこうとする。それに横っ飛びで必死に食らいつく。限界ギリギリまで伸ばしたラケットがボールに触れると、力任せに振り抜いた。

打球は相手のコートへと返るが、それをお蝶夫人が狙い澄ましたように逆サイドへと打ち込んできた。それを見るまでもなく、俺は転がるようして立ち上がると、打たれるであろう方向めがけて全力で走った。

がむしゃらに送り出した脚はまだ言うことを聞いてくれる。打球を追い越すようにして辿りついた落下点、跳ね上がるボールを捉えるとコート際すれすれを狙って力で叩きつけた。

しかし、俺の目論みを見越していたのか、葉山は打球を正面で待ち構えていて、揺さぶるようにして俺と由比ヶ浜のちょうど中間に、試すかのようなドロップショットを放った。

バランスを崩していた俺では到底追いつけない。由比ヶ浜に縋るような視線を向けると、由比ヶ浜は落下地点に走り込み打ち返す。だが、当てるのが精いっぱいで打球はふらっと高くあがってお蝶夫人の目の前にぽてっと堕ちる。

それをフルパワーで打ち込まれた。お蝶夫人の顔には嗜虐的な笑みが浮かび、打球は由比ヶ浜の頬を掠めてはるか後方へ消え、コートの誰もいない場所でぽーんと跳ねた。

「無事か？」

俺は球を拾うこともせず、ぺたりと座り込んでしまった由比ヶ浜に声をかける。

「……超怖かった」

ほとんど涙目になっている由比ヶ浜が漏らした呟きを聞きつけて、お蝶夫人は一瞬心配そうな表情になる。

「優美子、お前マジ性格悪いのな」

「な！　違うしっ！　試合ならこんなの普通だから！　あーし、そこまで性格悪くないし！」

「ああ、ただドSなだけか」

葉山とお蝶夫人のじゃれ合いが笑いを呼ぶ。オーディエンスも追従するように笑みを浮かべていた。

「……ヒッキー、絶対勝とうね」

そう言って、由比ヶ浜は立ち上がりラケットを拾う。そのとき、「いったぁっ」と小さな悲鳴を上げた。

「おい、だいじょぶかよ」

「ごめ、ちょっと筋やっちゃったかも」

へへっと照れ笑いを浮かべる由比ヶ浜。瞬く間にその眼には涙が溢れてくる。

「もし、負けたら、さいちゃん困るよね……。あーやばいなー、このままだとちょっとまずいかも……謝って、すまない、よねぇ。あーもう！」

由比ヶ浜は悔しそうに唇を噛んでいた。

「ま、あとのことはなんとかなる。最悪、材木座に女装でもさせるさ」

「一瞬でばれるよっ！」

「だよなー。じゃあ、あれだ。お前コートの中にいるだけでいい。あとは俺がどうにかする」

「……どうするの？」

「テニスには古来から禁断の技がある。その名も『ラケットがロケットになっちゃった！』だっ！」

「ただのラフプレーだ!?」

「……まぁ最悪本気出すよ。俺が本気を出せば土下座も靴舐めも余裕でできる」

「あさっての方向に本気すぎる……」

由比ヶ浜は呆れたようにため息をつくと、くすくすと笑った。怪我が痛いのか、それとも笑いすぎて涙が出てきたのか、潤んで、真っ赤になった瞳をまっすぐにぶつけてきた。

「やー、ヒッキーほんと頭悪いわ。性格も悪いし、諦めまで悪いなんて最悪だね。あんときも全然諦めてなかったし。馬鹿みたいに超全力出してて、キモいくらい声あげて必死でさ……。あたし、覚えてるから」

「いやお前何言って」

由比ヶ浜は俺の言葉を遮り、呆れ返ったように言った。

「あたしじゃ付き合いきれないかなぁ……」

捨て台詞のようにそう言うと、くるりと背を向けて歩いて行ってしまう。戸惑うギャラリーを「ちょいちょい邪魔邪魔っ！」と掻き分け消えていく。

「……あいつ、何の話してたんだ」

コートの中央に一人ぽつんと残されて、消えた由比ヶ浜の背中に視線を送っていると、癪に障る笑い声が響いてきた。

「どしたん？　オトモダチとケンカ？　見捨てられちゃった？」

「馬鹿言え。今までケンカなんてしたことねぇよ。そもそもケンカできるほど深く関わった友達いねーっつーの」

「え……」

葉山とお蝶夫人が本気でドン引いていた。

あれー？　今の笑うところだよー？

そうか、自虐ネタってある程度の親密度がないと本気で引かれるんだな……。

ただ材木座だけが堪えるようにして笑いを噛み殺していた。俺が舌打ち混じりに振り向くと、材木座は他人のふりをしてぶつぶつ何事か言いながらギャラリーの中へ紛れてしまう。

……あの野郎、逃げやがったな。……まぁ、この状況なら俺も絶対、他人のふりして逃げる。

戸塚も沈んだ表情で悲しげな視線を俺に送っている。

まぁ、なんだ。そろそろ土下座かな。俺の本気を見せてやるよ。

媚びるときはプライドを捨てて全力で媚びること、それが俺のプライド。

俺だけがどうしようもないほど居堪れない、もしくは痛々しい雰囲気のコートで、不意にギャラリーたちがざわめいた。

そして、自然と人垣が割れていく。

「この馬鹿騒ぎは何?」

現れたのはとっても不機嫌な顔をした、体操服とスコート姿の雪ノ下雪乃だった。片手には救急箱を抱えている。

「あ、お前、どこ行ってたの?　っつーかその格好なに」

「さぁ?　私にもよくわからないのだけれど、由比ヶ浜さんがとにかく着てくれとお願いするものだから」

雪ノ下がそう言って振り向くと脇から由比ヶ浜が出てくる。どうやら服を交換したらしく、雪ノ下の制服を着ていた。どこで着替えたんだよ。まさか外か!?　ふむぅ…。

「このまま負けんのもなんかヤーな感じだから、ゆきのんに出てもらうってだけ」

「なんで私が……」

「だって、こんなの頼める友達、ゆきのんだけなんだもん」

由比ヶ浜の言葉に雪ノ下がぴくっと反応した。

「とも、だち?」

「うん、友達」

臆することなく由比ヶ浜は答える。いやそれってどうなの。

「普通、友達に面倒事頼むか？　なんか都合よく利用してる気がすんだけど」

「え？　友達じゃなきゃこんなの頼まないよ。どうでもいい人間に大事なことお願いできないもん」

しれっと、さも当然のことであるように由比ヶ浜が言った。

おおう、そういうものなのか……。

俺なんて「友達だろ？」の言葉に踊らされて掃除当番変わったりしてたから実感がまったくないんだけど。そっかー俺と彼らはちゃんとした友達だったのかー。絶対違う。

俺の感じたこととほとんど同じことを雪ノ下も思ったのだろう。そっと唇に手を当て、無言で何事か考えていた。

その疑念はもっともなものだ。俺だって容易く信じたりしない。

けれど、こと由比ヶ浜結衣に限っていえば別だろう。だって馬鹿だし。

「なぁ、たぶんそいつ本気で言ってるぞ。馬鹿だから」

俺の声で雪ノ下の硬直が解ける。いつもの雪ノ下同様、勝気な笑顔を浮かべて、肩にかかった髪をさらっと払った。

「あまり私を舐めないでもらえるかしら。これでも人を見る目には自信があるのよ。比企谷くんや私に優しくできる人間が悪い人なわけないじゃない」

「理由が悲しすぎんぞ」

「けれど真理よ」

まったくそのとおりです。

「別にテニスをするのはいいのだけれど……、ちょっと待ってもらえるかしら」

そう言って雪ノ下は戸塚のもとへ向かう。

「さすがに傷の手当くらいは自分でできるわよね？」

そう言って差し出された救急箱を戸塚は不思議そうな顔で受け取った。

「え、あ、うん……」

「ゆきのん、わざわざそれ取りに……。やっぱ優しいよね」

「そうかしら。どこかの男は『氷の女王』だなんて陰で呼んでいるみたいだけど」

「な、なぜそれを……。はっ！　まさかお前、俺の『絶対に許さないリスト』読んだのか!?」

まずい。あれにはありとあらゆる言葉で雪ノ下を罵倒した日記がつづられているのに。

「呆れた。本当に言っているの？　……まぁ、誰に何と思われようと構わないわ」

そう言ってこちらを振り返る。だが、その表情にはいつもの冷徹さはなく、少しばかり戸惑いの色があった。最初こそ強気だった声も小さくなり、ついには目を逸らす。

「……だから、……友達と思われるのも別に、構わない、けれど」

ぽっ、と音がするほどに雪ノ下の頬に朱が刺す。由比ヶ浜から受け取ったラケットを抱えてそこから顔を覗かせながら目を伏せていた。

そのやたらと無駄に可愛らしい仕草に思わず抱きついた。由比ヶ浜が。

「ゆきのんっ！」

「ちょっと……、あまりくっつかないでくれるかしら。暑苦しい……」

……あれ？　ここって俺にデレるべき場所じゃないの？　なんかこいつ、いつも由比ヶ浜にデレてない？　そうじゃないでしょう？　男と男、女と女がラブコメしてんじゃんか。

ラブコメの神とかバカしかいねぇのかよ。

なんとか由比ヶ浜を引きはがすと、んんっと喉の調子を確かめるようにして、雪ノ下は言葉を継ぐ。

「その男と組むのは非常に不本意なのだけれど……。でも、そうするしかないのよね？　あなたの依頼、受けてあげるわ。この試合に勝てばいいのでしょう？」

「うんっ！　……やー、あたしじゃヒッキー勝たせてあげらんないし」

「面倒かけて悪い」

俺が頭を下げると、雪ノ下はとても冷たい目をして俺を見る。

「……勘違いしないでね。別にあなたのためではないから」

「ははは、またそんなツンデレみたいなこと言って」

やだなーもう、はははは。いやいやもう最近そんなテンプレ聞かないですよ？

「つんでれ？　何か寒気のするような単語ね」

……ですよね。雪ノ下がツンデレとか知ってるわけないし。何よりこの女は嘘をつかない。どれだけひどいことを言ってもいつだって正しいことを言うのだ。だから、本当に俺のためではないのだろう。

まぁ、別に好かれたいわけではないのでいいんです、ええ。

「そんなことより、そのリスト、後で提出しなさい。添削してあげるわ」

にこっと花がほころぶようなとても素敵な笑顔で微笑まれた。なのに、心がちっとも温まらないのはなぜなんでしょうか。

凄く怖いです。目の前に虎がいる気分だった。

で、前に虎がいるってことは、そうですね。後ろには狼がいるんです。それか馬。

「雪ノ下サン？　だっけ？　悪いけどあーし、手加減とかできないから。オジョウサマなんでしょ？　怪我したくなかったらやめといたほうがいいと思うけど？」

俺が振り返った先には三浦が縦ロールをくるくるとさらに巻きながら、不敵な笑顔を浮かべていた。――あ、バカ、三浦。雪ノ下に対して挑発は死亡フラグ……。

「私は手加減してあげるから安心してもらっていいわ。その安いプライドを粉々にしてあげる」

そう言って雪ノ下は無敵の笑みを浮かべた。少なくとも、俺にとってはそうだった。

敵に回すとすげー嫌な奴だが、味方だとえらい心強い。だから、こいつを敵に回した人間は本当に哀れだ。

葉山も三浦も身構えていた。雪ノ下の浮かべる凄絶なる笑顔は思わず背筋が伸びるほどに冷たく、そして美しかった。

「随分と私のとも……」

そこまで言ってから雪ノ下の顔がわずかに赤く染まる。まぁ、そういう単語言うのは恥ずかしいよね。雪ノ下は静かにふるふると顔を振ってから言いなおした。

「……うちの部員をいたぶってくれたようだけれど、覚悟はできているかしら？　念のために言っておくけれど、私こう見えて結構根に持つタイプよ？」

見たまんまそういうタイプだよ、お前は。

×　×　×

なんだかんだでテニス対決も、役者が揃ってようやく正真正銘最終フェイズに差し掛かったようだ。

試合の先手は葉山・三浦ペアが取った。お蝶夫人こと縦ロール、三浦のサーブである。

「あんさぁ、雪ノ下サンが知ってるかしんないけど、あーし、テニス超得意だから」

そう言いながら、バスケのドリブルの要領でボールを地面に投げては受け、それを繰り返す。雪ノ下は目だけで三浦の言葉の続きを促した。

にぃっと三浦が笑う。雪ノ下の見せた笑顔とはまったく違う、攻撃的な獣の笑顔だ。

「顔に傷とかできちゃったらごめんね」

……うわぁ、怖い。予告危険球とか初めて聞いたよ？

そう思ったときにはひゅっと鋭い風切り音と、ボールを弾いた軽快な音がした。

打球は雪ノ下の左側に高速で突き刺さる。右利きの雪ノ下にとってリーチの外、左ライン際ぎりぎりにサーブが突っ込んでくる。

「……甘い」

囁くような声が聞こえたときには、既に雪ノ下の迎撃態勢は整っている。たっと左足を踏み込ませると、それを軸にしてくるりと、まるでワルツでも踊るかのようにして回転した。右手のラケットがバックハンドで打球を過たず捕捉した。

居合抜きのような打球が一閃。

足元で弾けるようにして跳ねた打球に三浦が小さく悲鳴をあげた。目の覚めるような超高速のリターンエース。

「あなたが知っているとは思わないけれど、私もテニスが得意なのよ」

ラケットを突き付けて、雪ノ下は羽虫でも見るような冷たい視線を突き立てた。三浦は一歩下がり、怯えと敵意が入り混じった目で雪ノ下を見た。口元が小さく歪み、呪詛を撒き散らしている。あの女王然とした三浦にこんな表情をさせるとは雪ノ下恐るべし。

「……お前、今のよく返せたな」

雪ノ下は三浦の『顔』というブラフに一切反応を示さず、正確にただ一点を狙っていた。

「だって彼女、私に嫌がらせをしてくるときの同級生と同じ顔をしていたもの。あの手の人間の下衆い考えくらいお見通しよ」

そう得意げに笑って見せてから、雪ノ下は攻撃を開始する。

そも防御すら攻撃であった。攻撃は最大の防御などという使い古された常套句ではなく、そのまま防御も攻撃である。打たれるサーブは確実に相手のコートに沈め、戻ってくる球は問答無用で押し返す。

その美技に観客は酔いしれた。

「フハハハハハ！　圧倒的じゃないか我が軍は！　薙ぎ払えーっ！」

勝利の臭いを嗅ぎつけた材木座がいつの間にか戻ってきて全力で勝ち馬に乗ろうとしていた。とんでもなく腹が立つ。だがしかし、材木座がこちら側にいるということは形勢が逆転したということでもある。

俺と由比ヶ浜では完全にアウェー状態だったのが、観客は雪ノ下に傾きつつある。というか、男子の多くは雪ノ下に熱視線を送っていた。

雪ノ下は科が違うこともあり、その本性は広く知られていない。ましてやあの美貌(びぼう)である。謎(なぞ)めいた雰囲気もあり、高嶺(たかね)の花じみていた。怖いというより、話しかけてはいけないという禁忌(きんき)にも似た思いがある。

それを軽々と突破していった由比ヶ浜は相当な勇気の持ち主だし、大層なお馬鹿さんであると言えるだろう。

だが、その裏表のないまっすぐさが、素直な優しさが雪ノ下の心に響いた。由比ヶ浜でなければ雪ノ下をここに連れてくることはできなかっただろう。そして、健気(けなげ)な由比ヶ浜のためだから、雪ノ下は全力でプレーしている。俺が頼んでたらたぶんあいつ来てくんないよ。

開いていた点差は見る間に縮まっていく。

コートの中で縦横無尽(じゅうおうむじん)に舞う雪ノ下の姿はどこか妖精(ようせい)じみていた。彼女の踊るような足捌(さば)きはこの舞台の最高の演目だった。俺のような端役(はやく)などたまにボールをペコポンと打ち返すだけで、俺がボールに触るたび「お前じゃねぇよ」という視線が痛い。

観衆の期待に応えるようにして、再び雪ノ下にサーブが回ってきた。

きゅっとボールを握り締めてから、高々と空へと投げる。青空の中に吸い込まれるようにしてボールはコートの中央めがけて飛んでいく。雪ノ下のいる位置からは明らかに遠い。

ミスか、と誰もが思ったときだ。

雪ノ下は飛んでいた。

右足を前へと踏みだし、左足を送り、最後に両足を揃えて踏み切る、スタッカートでもつけたように軽やかな歩調だ。

華麗に宙を舞う。その姿は悠然と空を駆ける隼のようで、見る者の心を震わせずにはいられない。ただ美しく、そして速い。それを瞳に焼き付けようと誰もが瞬きを忘れた。

ターン、とひときわ高い音がしたのち、てんてんとボールが転がる。俺もギャラリーも、そして、葉山も三浦も、誰一人として動くことができなかった。

「……ジャ、ジャンピングサーブ」

俺はほとんど呆れながら口にしていた。雪ノ下の出鱈目さに開いた口が塞がらない。あれだけのビハインドをほとんどこいつ一人で追い上げた。今や点差はこちらが二点リード。もう一ポイントで俺たちの勝利が決まる。

「お前、ほんととんでもねぇのな。その調子で軽く決めちゃえよ」

心底そう思って言うと、雪ノ下は突如顔を顰める。

「私もできればそうしたいのだけれど……。それは無理な相談ね」

何が、と問おうとしたが、葉山がサーブの体勢に入っていた。

……まぁいいや。どうせ次に雪ノ下がリターンエースを決めて俺たちの勝ちだ。油断ではなく、単純な勝利の確信とともに俺はだらっと構える。

葉山も既に戦意が薄らいでいるらしく、先ほどまでの強烈なサーブではない。スピードこそ、そこそこあるがいたって普通のサーブだ。それが俺と雪ノ下の中間に飛んでくる。

「雪ノ下」

彼女に任せようと俺が声を掛けたが、返事がない。代わりにぽーんと気の抜けるような音がして、打球が間を飛んでいく。

「お、おい！」

「比企谷くん。少し自慢話をしてもいいかしら」

「なんだよ。っつーか今のプレーがなんだよ」

俺の返事などどうでもいいらしく、雪ノ下ははぁと深いため息をつくとそのままコートに座り込んだ。

「私ね、昔から何でもできたから継続して何かをやったことってないのよ」

「いきなり何の話だ」

「私にテニスを教えてくれた人がいたのだけれど、習って三日でその人に勝ったわ。たいていのスポーツ、いえスポーツだけでなく音楽なんかでもそうなのだけど、だいたい三日でそれなりのことができるようになってしまうの」

「逆三日坊主かよ。というかほんとにただの自慢話だな！　結局何が言いたい」

「……私、体力にだけは自信がないの」

すぽーんと間抜けな音がして、雪ノ下の傍をボールが跳ねていった。

今さらすぎる話だった。

雪ノ下は何でもできるがゆえに、何かに固執してやる、継続してやることがなく、致命的なまでに体力がない。そういや、こいつ昼の練習も見てるだけだったな。まぁ、よく考えてみりゃ当然なことかもしれない。うまくなろうと思えば練習するだろうし、練習時間が増えればそれだけ体力はつく。

けど、最初から何でもできたらそもそも練習なんてしないわけで、無論体力なんてつきゃあしないのである。

「いやお前、そんな聞こえる声で……」

言いながら俺は葉山と三浦を見る。すると、獣の女王が獰猛な笑みを浮かべていた。

「聞こえてんですけど？」

三浦はそれまでの鬱憤を晴らすように、俺に対して攻撃的な口調でそう言った。脇では葉山もくすりと笑う。

状況は最悪。リードしたのも束の間、あっけなく同点に追いつかれデュースにもつれ込んでいた。

このテニスは素人同士の変則ルール。デュース以降は二点差がつくまで勝敗はつかない。

頼みの雪ノ下は体力尽きて沈黙。その上、そのことを相手チームに知られている。俺のサーブがあいつらに通用しないことは先刻証明済み。打ったところで軽々と返されて終了だ。

「なんかしゃしゃってくれたけどー、さすがにもう終わりでしょ？」

三浦の挑発的な物言いにも返す言葉がない。雪ノ下も沈黙して、っていうかよほど疲れたのかうつらうつらと舟を漕いでいる。お前は飛影かよ。

くっくっと喉の奥で笑いながら三浦が俺たちを舐めるように見る。どうやって処刑してやろうかと考えている、まるで蛇のような目だ。だから何コンダだよ。

その剣呑な雰囲気を察して、葉山が間に入ってきた。

「ま、お互いよく頑張ったってことで。あんまマジになんないでさ、楽しかったってことで引き分けにしない？」

「ちょ隼人、何言ってんの？　試合だからマジでカタつけないとまずいっしょ」

それはつまり俺たちに試合で勝ったうえで、正式に戸塚からテニスコートを奪うということだろう。にしてもカタをつけるって言葉がもう怖い。……俺も何かされるのかなぁ嫌だなぁ痛いのとかちょっと無理だなぁ。

俺が日和っていると、舌打ちが聞こえた。

「少し、黙ってもらえるかしら」

雪ノ下が極めて不機嫌な声で言った。三浦が何か口にする前に素早く二の句を継ぐ。

「この男が試合を決めるから、おとなしく敗北なさい」

　その言葉に誰もが耳を疑った。もちろん俺もだ。っていうか、俺が一番驚いた。

　一斉に注目が集まった。それまでいないも同然どころか、なんでここにいんの？　みたいな扱いだった俺の存在価値が俄かに急上昇する。

材木座と目が合った。何親指立ててんだよ。

戸塚と目が合った。何期待してんだよ。

由比ケ浜と目が合った。そんな大声張り上げて応援してんじゃねぇよ。恥ずかしい。

雪ノ下と目が合っ、逸らされた。代わりにボールが放り投げられた。

「知ってる？　私、暴言も失言も吐くけれど、虚言だけは吐いたことがないの」

　風が止んだせいでその声はやけにクリアに聞こえた。

　ああ、知ってるよ。嘘つきは、俺とあいつらだけだから。

×　×　×

　不自然なまでの静けさの中、トントンとボールを地面に打ち付ける音だけが聞こえる。

　その独特の緊張感の中で俺は自分の中へ中へと意識を埋没させる。

　できる、できる、と自分に信じ込ませる。いや、自分を信じる。

　だって、俺が負けるはずがないのだ。

学校生活なんてろくでもない、悲しくてつらくて嫌なことばっかりのものをたった一人で生きてきた俺が、苦しくて惨めな青春時代なんてものを一人で過ごしてきた俺が、大勢の人間に支えられて過ごしてきたような奴に負けるはずがない。

もうじき昼休みが終わる。

いつもならこのテニスコートの正面にある保健室脇で飯を食い終わってるころだ。

由比ヶ浜が俺と話し、そして初めて戸塚と喋ったあの場所、あの時間が頭をよぎる。

ただ耳を澄ました。

三浦の嘲弄する声も、ギャラリーの喧噪も聞こえない。

ひゅうっ、と。

その音が聞こえた。一年間もの間、俺が、おそらくは俺だけが聞いていたであろうあの音。

その刹那、サーブを打つ。

ゆるやかで、力のない、ふわふわと浮かび上がるような打球。

三浦が嬉々として駆けだすのが見えた。葉山が素早くそのフォローに入る。ギャラリーが落胆する表情を浮かべる。戸塚がそっと目を伏せるのが視界に入った。材木座がぐっと拳を握っているのは見逃した。祈るような仕草の由比ヶ浜と目が合った。そして、俺の瞳が雪ノ下の勝ち誇った笑顔を映した。

打球は頼りなく、弱々しい軌跡で揺れている。

「っしゃぁ！」

蛇の如き、雄叫びをあげて三浦が落下地点に入る。

そのとき、一陣の風が吹いた。

三浦、お前は知らない。

昼下がりの総武高校付近でのみ、発生する特殊な潮風のことを。

その風の影響で打球は煽られ、大きく流れる。三浦がいた場所から逸れて、コートの端を打った。しかし、そこには葉山が走り込んでいた。

葉山、お前は知らない。

この風が吹くのは一度だけじゃないことを。

一年間、あそこでただ一人、誰と喋るでもなく静かに過ごしていた俺だけが知っている。俺の孤独で静謐な時間をあの風だけが知っている。

他の誰でもない、俺だけが打てる、俺の魔球。

再び吹いた風がバウンドした球さえも流していく。

そのまま、ボールはコートのすみっこにポテンと落ちて転がっていく。

誰もが口を噤み、耳を澄まし、目を見開いた。

「そういえば聞いたことがある……。風を意のままに操る伝説の技、その名も『風を継ぐ者・風精悪戯』!!」

空気を読まない材木座（ざいもくざ）だけが大声を張り上げた。

勝手に名前付けんなよ。台無しもいいところだ。

「ありえないし……」

三浦が驚愕（きょうがく）のあまり呟（つぶや）く。それを皮切りにギャラリーもざわざわと小さな声をあげ、それがやがて『風精悪戯（オイレン・シルフィード）？』『風精悪戯（オイレン・シルフィード）！』という単語に変わっていく。いや、受け入れちゃダメだろ。

「やられた……本当に『魔球』だな」

葉山は俺に向かってにこやかな笑顔を向ける。まるで数年来の友達みたいな顔をしやがる。それを真正面から見せられて、俺はボールを握り締めたまま、立ち尽くしてしまった。

こういうとき、なんて返せばいいのか本当にわからない。

だから、ついつい益体（やくたい）もない話をしてしまった。

「葉山。お前さぁ、小さいころ野球ってやった？」

「ああ、よくやったけど、それがどうかした？」

出し抜けにした俺の質問に葉山は怪訝（けげん）な顔をした。だが、きっちりと答えてくれる。やっぱりこいついい奴なのかもしれない。

「何人でやった？」

「は？　野球は十八人揃（そろ）わないとできないだろ」

「だよな。……でもな、俺は一人でよくやってたぜ」

「え？　どういうこと？」

葉山が聞いてきたが、お前には言ってもわかんないだろうよ。

別にこれに限った話じゃない。

わかるかよ、馬鹿みたいに暑い夏の最中も指先ちぎれそうなくらい寒い雪の日もたった一人で自転車漕いで登下校するつらさが。お前らが暑いだの寒いだのありえないだの言い交して騙しごまかし紛らわしてきたのを俺は一人で切り抜けてきたんだぜ。

わかってたまるかよ。テストのたびに試験範囲を誰に確認するでもなく、黙々と勉強して、自分の出した結果に真正面から向き合う恐ろしさが。お前らが揃って答え合わせして点数見せ合って馬鹿だのガリ勉だの言い合って現実から逃げ合ってるのに俺は真っ向から受け止めてるんだぜ。

どうだよ、俺のこの最強っぷり。

感情のままにサーブを打つ体勢に入った。

身体を半身にし弓のように引き絞る。そして、ボールを高く放り投げた。ラケットのグリップを両手で握り締めて、首の後ろに寝かせる。

青い空、そして去りゆく春と迎えつつある初夏。そんなもの、全部ぶっ飛ばしちまえ。

「っ！　セーシュンのばかやろおぉ――――――っ！」

落下してくるボールをアッパースイングで思い切り打ちあげた。

ラケットのもっとも固い部分、フレームにジャストミートした打球はガッと音を立てて、抜けるような青空に吸い込まれていく。

ボールはまだまだ高度を上げていた。遥(はる)か彼方で米粒よりもなお小さいあの一点がおそらくはそれ。

「あ、あれは……『空駆けし破壊神・隕鉄滅殺(メテオストライク)』!!」

材木座(ざいもくざ)が身を乗り出して絶叫した。だから、なんでお前が名前つけてんだよ。

メテオストライク……、と皆が口々に囁(ささや)く。だから、なんでお前らも受け入れてんだよ。

そんな大層なもんじゃねぇ、ただのキャッチャーフライだ。

説明しよう。幼少期の俺はあまりに友達がいなかったため、一人野球という新スポーツを開発していた。一人で球を投げ、一人で打ち、一人で捕る。長時間遊べるようにと工夫した結果、超極大のキャッチャーフライが一番長い時間楽しめることに気づいた。

捕れればアウト、ミスってワンバウンドでキャッチならヒット。あまりに遠くに打ちすぎた場合にはホームラン扱いにしていた。このゲームの弱点は攻守どちらかに感情移入してしまうとワンサイドゲームになってしまう点である。ひとりじゃんけんと同じくらい無心になることが必要とされる。よいこのみんなは真似(まね)しないで友達と野球をするべき。

だが、あれこそは俺の孤独の象徴、最強の鉾(ほこ)。

虚空より降り来る、青春を謳歌（おうか）せし者への鉄槌（てっつい）。

「な、なにそれ」

三浦（みうら）が空を見上げたまま呆然（ぼうぜん）としていた。葉山（はやま）も同様にして眩（まぶ）しそうに空を見ていたが、はっとした表情になると叫んだ。

「優美子（ゆみこ）っ！　下がれっ！」

唖然（あぜん）とした顔で棒立ちになっている三浦に叫ぶ。さすがに葉山は気づいたらしい。……けど、もう遅いんだよ。

高々と打ちあがった打球は推進力を徐々に失い、かつ重力に引っ張られ、二つの力が均等になった瞬間、制止する。

そして、その均衡（きんこう）が破れたとき、位置エネルギーを運動エネルギーへと置換した。自由落下し続けるボール。そのエネルギーは着弾の瞬間、爆発するのだ。

ダムっ！　とボールが着弾し、もうもうと砂煙が巻き起こった。

長い長い空の旅を終え、ボールは砂埃（すなぼこり）を巻き上げて今再びの空へと舞い戻った。

三浦がそれを打ち返そうと、砂煙の中を覚束（おぼつか）ない足取りで追いかける。ボールはコートの後方、金網のフェンスへとふらふら向かっていた。

――あ、やべ。三浦がフェンスに激突する。

「くっ！」

葉山はラケットを投げ捨てると、駆けだした勢いそのままに走り出す。

間に合うか!? 間に合うのか!?

砂煙の中、皆の視界から二人の姿が消えてしまう。

一瞬の静寂。

ごくり、と誰かが唾を飲む音がした。それは俺の喉が立てた音かもしれない。

そして、砂煙が晴れ、二人の姿が見えた。

葉山は金網に背をぶつけ、フェンスから三浦を庇うように抱きかかえていた。三浦は赤い顔をしながら控えめに葉山の胸元をちんまりと握っている。

瞬間、ギャラリーは大歓声と割れんばかりの拍手を送る。全員総立ちのスタンディングオベーション。

葉山は腕の中で縮こまる三浦の頭をよしよしと撫で、三浦の顔がいっそう赤く染まる。

わーっとオーディエンスが葉山と三浦を取り囲んだ。

「HA・YA・TO! フゥ! HA・YA・TO! フゥ!」

祝福のファンファーレ代わりに昼休み終了のチャイムが鳴り響く。このままキスしてエンドロールへと移りそうな勢いだ。

誰もが娯楽大作映画を見た後のような、上質な青春ラブコメを読み終えた後のような、奇妙な達成感と一種の虚脱感に包まれていた。

そのままわーっしょいわーっしょいと胴上げしながら校舎のほうへと消えていった。

ＦＩＮ。

なんだこれ。

×　×　×

後に残されたのは俺たちだけだった。

「試合に勝って勝負に負けた、というところかしらね」

雪ノ下がつまらなそうに言うのを聞いて、俺は思わず笑ってしまう。

「馬鹿言え。俺とあいつらじゃ、端っから勝負になってねぇんだよ」

青春を謳歌する者はいつだって主役だ。

「ま、そだよね。ヒッキーじゃなきゃあぁはならないもん。勝ったのに空気扱いっていうか、ガチで可哀想になる」

「おい、由比ヶ浜。お前ほんと言葉に気をつけろ。悪意に満ちた言葉より、素直な感想のほうが人は傷つくということを知れ」

俺がジト目で言ったところで由比ヶ浜は悪びれる様子もない。

まぁ、間違ったこと言ってないから悪びれる必要もないんだけどな。葉山とか三浦とか、あいつらは最初から試合だの勝負だのは度外視なんだ。惨めな敗北すらも綺麗な青春の一ページにしちまって後生大事に持ってんだから恐れ入る。

なんだよそれ。青春爆発しろ爆発。

「かっ、ったく、葉山がなんだっつーの。俺だって生まれと育ちが違ったらああなってたっつーの」

「それじゃ別人じゃない……まぁ、あなたは本当にリセットしたほうがいいと思うけどね」

雪ノ下は遠まわしに死ねと言いつつ、冷めた視線で俺を見る。

「……で、でもさ。その、ヒッキーだからよかったっていうか、その……。それが良くなくもない、というか……」

由比ヶ浜がもごもごと口の中だけで喋る。全然聞こえない。ちゃんと喋れちゃんと。お前、服屋で店員に話しかけられたときの俺かよ。

ただ、雪ノ下の耳にはちゃんと届いているようで、彼女はうっすらと微笑むと静かに頷いた。

「まぁ、あなたの斜め下すぎるやり方で救われてしまう人もいるしね。残念ながら」

そう言って、ついっと視線を動かす。その先には、擦りむいた足を気遣いながらゆっくりと歩いてくる戸塚と、その後ろをストーキングしているかのようにつけてくる材木座がいた。

「八幡、よくやった。さすがは我が相棒よ。だが、いずれ決着をつけなければならない日が来るやも知れぬな……」

なぜか遠い目をして一人語り始める材木座はとりあえず無視し、戸塚に声をかける。

「怪我、だいじょぶか?」

「うん……」

気づけば俺の周りは男しかいない。材木座が来たせいかどうかはわからないが、雪ノ下と由比ヶ浜はいつの間にかいなくなっている。

葉山はジェームズ・ボンドばりにヒロインを侍らせるエンディングなのに、俺の周りは男だけ。特攻野郎Aチームみたいなエンディングだ。なにこの不平等さ。

ラブコメとか都市伝説かよ。

「比企谷くん。……あの、ありがと」

戸塚が俺の正面に立ち、まっすぐに見つめてくる。言い終わった後、照れたように目を逸らしてしまった。正直このまま抱きしめてちゅーしてやろうかと思ったが、でも、こいつ男なんだよな……。

こんなラブコメは間違ってるし、戸塚の性別も間違ってる。ついでに、戸塚は礼を言う相手も間違ってる。

「俺は別になんもしてないよ。礼ならあいつらに……」

と、そいつらの姿を捜して、俺は周囲を見渡す。すると、テニス部の部室の脇でひょこひょこと揺れるツインテールを見つけた。

あんなとこにいたのかよ。

礼の一つも言っておこうと部室のほうへと回り込んだ。

「ゆきのし……あっ」

思いっきり着替え中だった。

ブラウスの前ははだけ、薄いライムグリーンの下着がちらついている。下は未だスコートのままだが、そのアンバランスさが均整の取れたほっそりとした身体を引き立てている。

「な、なななな」

んだよ、人が集中しているときにうるせーな記憶が飛んだらどうすんだよと思ったらなぜか由比ヶ浜もいた。

思いっきり着替え中だった。

ブラウスのボタンは下から留める派の人間らしく、胸元が大きく開いて、ピンクの下着と谷間が覗いている。片手に握られたスカートは雪ノ下に差し出されていて、まぁ要するに履いてない。

上とおそろいのピンクのパンツから伸びる太腿はすらりと伸びて足の先は紺のハイソで包まれていた。

「もうほんと死ねっ！」

ゴッと音を立てて、俺の顔面にラケットがフルスイングされた。

……そうだよな、やっぱり青春ラブコメはこうでなきゃ。

やるじゃん、ラブコメの神様。ぐふっ。

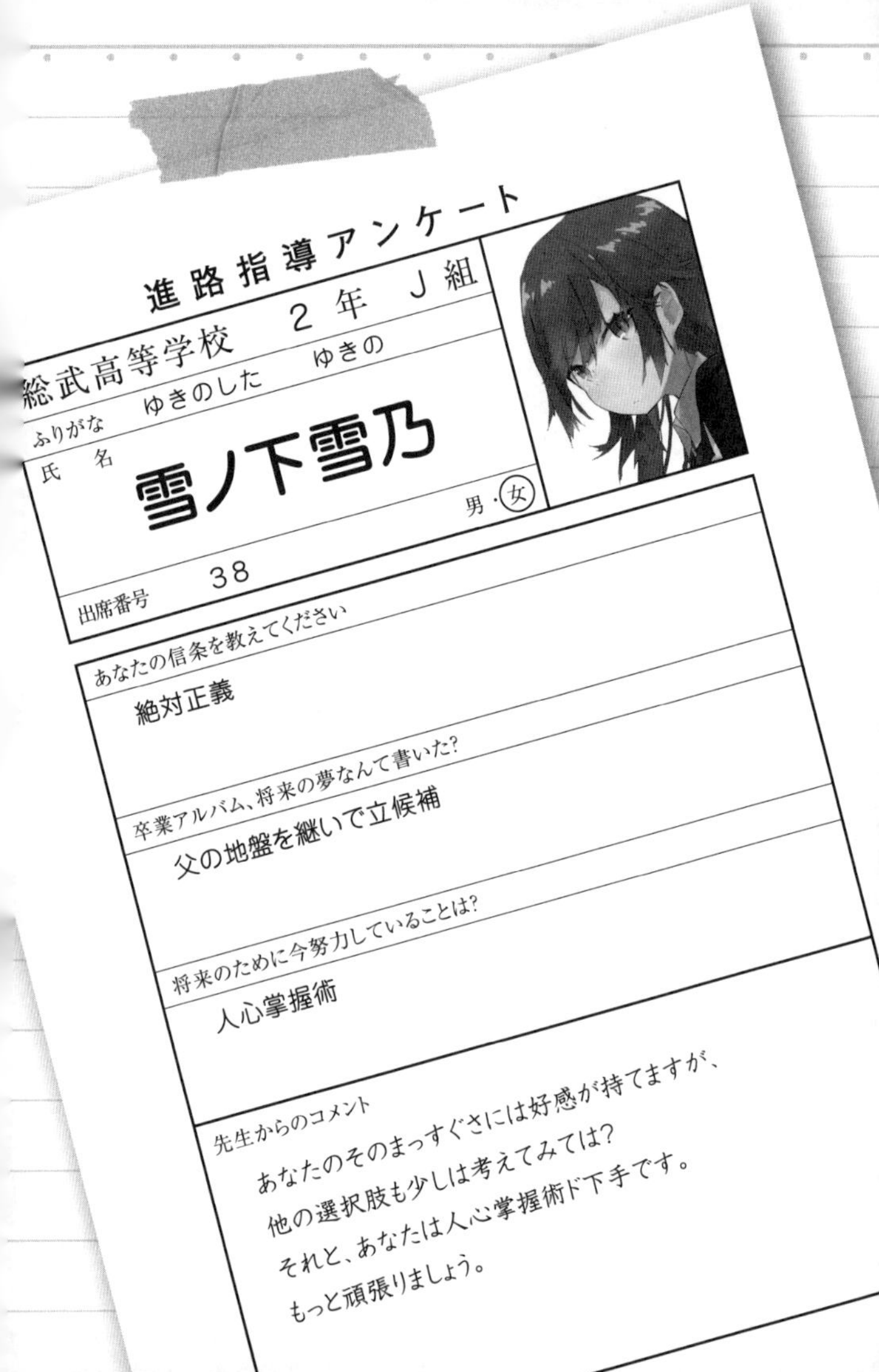

進路指導アンケート

総武高等学校　2年　J組

ふりがな　ゆきのした　ゆきの

氏　名　雪ノ下雪乃

男・女

出席番号　38

あなたの信条を教えてください

絶対正義

卒業アルバム、将来の夢なんて書いた？

父の地盤を継いで立候補

将来のために今努力していることは？

人心掌握術

先生からのコメント

あなたのそのまっすぐさには好感が持てますが、
他の選択肢も少しは考えてみては？
それと、あなたは人心掌握術ド下手です。
もっと頑張りましょう。

「ゆきのん、かっこいい……」

「嫌な奴嫌な奴嫌な奴嫌な奴嫌な奴！」

そして比企谷八幡はかんがえる。

青春。

漢字にしてわずか二文字ながら、その言葉は人の胸を激しく揺さぶる。世に出た大人たちには甘やかな痛みや郷愁を、うら若き乙女には永久の憧れを、そして、俺のような人間には強い嫉妬と暗い憎悪を抱かせる。

俺の高校生活は前述のような美しい心象風景で彩られるようなものではなかった。土気色をした仄暗い、モノクロームの世界だった。入学式の日に交通事故に遭うなど始まりから既に暗澹たるものであった。それからというもの家と学校とを往復し、休日には図書館へ通い、およそ昨今の高校生らしからぬ日々を過ごしていた。ラブコメなど無縁もいいところである。

けれど、そのことに一点の悔いもない。むしろ誇りですらある。

俺は楽しかったのだ。

図書館に通いつめて大長編のファンタジー小説を読み切ったことも、夜中にふとつけたラジオから流れてくるパーソナリティの語り口に聞き惚れたことも、テキストが支配する広大な電子の海で拾い上げた心温まる文章も、それらすべて俺があのような日々を過ごしたからこそ、

見つけだし、出会えたものだから。

その一つ一つの発見や出会いに感謝し感動し、涙することこそあれ、嘆いて流す涙はない。

俺は自身の過ごしたあの時間を、高校一年という青春の日々を決して否定しない。力強く肯定しよう。その姿勢をこれからも変えることはきっとないだろう。

しかしながら、それは他のすべての者たちの、今現在青春を謳歌せし者たちの日々を否定することではないということだけは示しておきたい。

青春のまっただ中にいる彼らは、敗北すら素敵な思い出に変えて見せる。いざこざももめ事も悩める青春のひと時と化して見せる。

彼らの持つ、青春フィルターを通してみれば世界は変わるのだ。

だとすれば、俺のこの青春時代もラブコメ色に染まるのかもしれない。間違ってなどいないのかもしれない。

なら、俺が今いるこの場所もいつか輝いて見えるのだろうか。死んだ魚のように腐った目でも。そんな期待を抱く程度には自分の中で何かが生まれつつあることを感じる。

そう、奉仕部で過ごした日々の中で、俺が学んだことが一つある。

結論を言おう。


と、そこまで書いてから筆が止まった。

放課後の教室で、ただ一人残っていた俺はうーんと伸びをする。

別に何かいじめにあっていたわけではなくて、平塚先生に課されていた再提出用の作文を書いていたのだ。ほんとだぞ？　いじめられてなんかいないぞ？

途中までは調子よく進んでいた作文も最後の結論がしっくりこず、こんな時間までかかってしまった。

続きは部室で書くか……。

そう考えて原稿用紙や筆記用具を手早く鞄に放り込むと、誰もいない教室を後にした。

特別棟へと続く廊下にも誰もおらず、運動部の張り上げる声が反響している。

今日も雪ノ下は部室で本を読んでいるのだろうか。それなら誰に邪魔をされることもなく、作文の続きができる。

どうせ、あの部活はなーんにもしない部活なのだ。

ごくごくたまにおかしな奴らがやってくるが、そんなのは本当に稀なことだ。だいたいの生徒は悩みだなんだらは気の置けない親しい人間に話し、あるいは自分で飲み下し、そうやって消化している。

それがたぶん正しい姿で、望まれる姿勢なんだと思う。けれど、ときどきはそれができない奴らがいるんだ。俺とか雪ノ下とか由比ヶ浜とか材木座とかさ。

友情だの恋愛だの夢だののもろもろのことは、多くの人間にとってはきっと素敵なものだろう。うじうじ悩んでいることすら輝いて見えるんだろう。

曰く、それを青春なんて呼んだりするわけで。

でも、そいつは結局のところ、その青春たらいうものに酔っている自分が好きなだけなんじゃないのかなんて捻くれ者は思ったりするわけだ。うちの妹なら「セーシュン？　それってあなたが見ちゃった光？」とか言い出すぜ。それはセーウンだっつーの。笑点観すぎだろお前。

×　　×　　×

俺が部室のドアを開けると、雪ノ下はいつもと同じ場所で、平素と変わらぬ姿勢で本を読んでいた。

戸の軋む音に気づくと、顔をあげる。

「あら、今日はもう来ないと思ったわ」

そう言って雪ノ下は文庫本に栞を挟み込む。最初のころはガン無視で本を読み続けていたのと比べれば格段の進歩である。

「いや、俺も休もうかと思ったけどな。ちょっとやることもあったからさ」

雪ノ下の斜め前、長机の対角の椅子を引いて座った。俺たち二人の定位置だ。鞄から取り出した原稿用紙を広げる。その様子をしげしげと眺めて雪ノ下は不快げに眉根を寄せる。

「……あなた、この部活をなんだと思っているわけ？」

「お前も本読んでるだけだろうが」

そう言うと雪ノ下はばつが悪そうに顔を逸らした。今日も依頼にやってくる人間はいないらしい。静かな部室の中、秒針の音だけがした。思えば、この沈黙も久しぶりだ。いつもやかましい存在がいないからだろう。

「そーいや、由比ヶ浜はどうした？」

「今日は三浦さんたちと遊びに行くのだそうよ」

「へぇ……」

そいつは意外。でもないか。もともと友達だったわけだし、それにあのテニス以来、傍目にもわかるように三浦の態度も柔らかくなった気がする。それが、由比ヶ浜が本音をちゃんと言えるようになったからなのかは知らない。

「比企谷くんこそ、相棒は今日は一緒じゃないの？」

「戸塚は部活だよ。お前の特訓のおかげか知らんけど部活に燃えてる」

おかげであまり俺の相手をしてくれない。とっても悲しい。

「戸塚くんじゃなくて、もう一人のほうよ」

「……誰？」

「誰って……いるじゃない、ほら。いつもあなたの傍に潜んでいるアレよ」

「おい、怖いこと言うなよ……。ひょっとして、お前霊感とかあるタイプなの？」

「……はぁ、幽霊だなんて馬鹿馬鹿しい。そんなのいないわ」

雪ノ下はため息をつきながら、「なんならあなたを霊にしてあげましょうか？」みたいな目で俺を見る。なんだか懐かしいやり取りだった。

「だから、アレよ。ざ……ざい、財津くん？　だったかしら……」

「ああ、材木座か。相棒じゃないけどな」

なんなら友達かどうかも怪しい。

「あいつは『今日は修羅場でな……。すまぬが締め切りを優先させてもらう』とか言って帰ったぞ」

「口ぶりだけは売れっ子作家ね……」

うへぇと嫌悪の表情も露わに雪ノ下は呟く。

いやいやいや、それを読まされる俺の身にもなれよ。あいつ、本文書きもしないのに、イラスト設定とかプロットだけ持ってくるんだぜ？『おい、八幡！　斬新な設定を思いついたぞ！　ヒロインがゴム人間でサブヒロインがその無効化能力を持っているんだ！　これは売れる！』とか言い出すしよ。アホ。そりゃ斬新じゃなくて残念なんだよ。パクリじゃねぇか。

まぁ、結局のところ、俺たちは一時このぬるぬるコミュニティにいただけであって、それが過ぎればそれぞれの居場所へと戻るのだ。一期一会、というやつだ。

じゃあ、ここが俺と雪ノ下にとっての居場所なのかというと、別段そう言うわけでもない。俺たちの途切れ途切れの会話は取り留めもなく、相変わらずどこかぎこちない。

「邪魔するぞ」

突然、がらっと戸が開く。

「……………はぁ」

雪ノ下は諦めたのか、額を軽く押さえてため息をついた。なるほどね、こういう静かな空間でいきなり戸を開かれたら口を酸っぱくして言いたくもなるよな。

「平塚先生。入るときはノックしてくださいよ」

「ん？　それは雪ノ下のセリフじゃなかったか？」

平塚先生は不思議そうな顔をしながら、手近にあった椅子を引くとそこへ座った。

「何か、御用ですか？」

雪ノ下が問うと、平塚先生は例の少年のような瞳を輝かせる。

「あの勝負の中間発表をしてやろうと思ってな」

「ああ、あれ……」

すっかり忘れていた。というか、何一つ、どれ一つとして解決した覚えがないので忘れていて当然だろう。

「現在の戦績は互いに二勝ずつだ。今のところ引き分けということだな。うむ、接戦はバトルマンガの華だ。……個人的には比企谷の死を乗り越えて雪ノ下が覚醒、という流れを期待していたんだが」

「なぜ、俺が死ぬ展開……。あの、二勝って俺ら別になんも解決してないんすけど。それに相談者も三人しか来てないし」

この人算数できないの？

「私のカウントではちゃんと四人いるのだよ。独断と偏見、と言っただろうが」

「俺ルールもそこまでいくと、すがすがしいですね……」

この人、ジャイアンかよ。

「平塚先生。その勝利の基準を教えていただけますか？　今さっきそこのが喚いたように、相談された悩みを解決したことはないはずなんですけど」

「ふむ……」

雪ノ下に質問されると平塚先生は押し黙ってしばし考える。

「そうだな……。悩みという漢字はりっしんべん、つまり心の横に凶の字を書く。さらにその凶という字に蓋をしてしまうんだ」

「何年B組だよ」

「いつだって悩みというのは本心の脇に隠されているものだ、相談してくる内容が本当の悩みとは限らない、ということだよ」

「最初の説明、まったくいらないですね」

「別にうまいこと言ってねぇしな」

俺と雪ノ下がばっさり斬って捨てると、平塚先生は少しばかりしゅんとした。

「そうか……ちょっと頑張って考えたんだが……」

まぁ、要するに勝敗の基準もこの人の俺ルールってことなんだよな。先生は俺と雪ノ下を交互に見てから拗ねたように口を開く。

「まったく……君たちは人を攻撃するときは仲が良いな……長年の友人のようだよ」

「どこが……。この男と友人になることなんてありえません」

そう言って雪ノ下は肩を竦める。てっきり横目で睨み付けられるかと思ったが、こっちを向きもしない。

「比企谷、そう落ち込むな。蓼食う虫も好き好きという言葉もある」

先生が俺を慰めるようにそう言う。落ちこんでなんかいないんだからねっ……て何だろう、この優しさつらいなぁ。

「そうね……」

意外なことに雪ノ下が乗ってきた。ていうか、俺をへこませたのはお前だからな？

だが、雪ノ下は嘘をつかない。自分の気持ちも偽らない。だから、その言葉はきっと信じるに値する。彼女は優しげな微笑みを浮かべていた。

「いつか比企谷くんを好きになってくれる昆虫が現れるわ」

「せめてもっと可愛い動物にしろよ！」

人間にしろよと言わないところが我ながら謙虚だ。一方、傲慢な雪ノ下はぐっと拳を握り、言ってやったぜみたいな表情をしていた。

うまいこと言ったせいか、その瞳はきらきらと輝いていて、実に楽しそうだ。

それに付き合わされるこっちはまったく楽しくない。だからさ、女の子と話すのってもっときゃっきゃうふふでらぶらぶちゅっちゅなもんじゃねぇの？　おかしいだろこれ。

今、よぎった気持ちを記そうと俺がシャーペンを握ると、雪ノ下が覗き込んできた。

「そういえばさっきから何を書いているの？」

「うるせ、なんでもねーよ」

そして、俺は作文の最後の一文を殴り書きした。


——やはり俺の青春ラブコメはまちがっている。

了

あとがき

お久しぶりです。渡航（わたりわたる）です。そして、初めまして。渡航です。

突然ですが、世間一般で言うところの「青春」というのはまちがっています。あんなものは嘘（うそ）っぱちです。可愛（かわい）い彼女とららぽーとで制服デートとか、友人の紹介で他校の女子とご飯に行くとかそんなことはありえません。そんなものはフィクションです。

青春ラブコメには最後にこう付け加えてあるでしょう？

「※この作品はフィクションであり、実在の事件、人物、団体とは関係ありません。」って。

つまり、あんな青春ラブコメは嘘八百です。みんな騙（だま）されているのです。

本当の青春というのは、放課後、男二人でサイゼ○ヤに寄ってドリンクバーとフォッカチオだけで夜まで粘り、ひたすら人の悪口や学校への不満を口にして時間を潰すようなああいうことです。あれこそが本当の青春です。経験した本人が言うのだからまちがいありません。

けれど、ぼくはその青春が嫌いではありませんでした。

メロンソーダとオレンジジュースを混ぜて「メロンジ」とか言って喜んでいたのも、修学旅行で男四人殺伐とした空気の中で麻雀（マージャン）をしたのも、好きだったあの子が彼氏といちゃついてるのを見てしまい、急に黙り込んだのも、今になってみればいい思い出だったと言えます。

ごめん、嘘だ。大嫌いだった。俺も女子高生と制服デートしたかった。いや、今もしたい。

そんな思いを込めて書きました。楽しんでいただけると嬉しいです。

最後に謝辞を。

担当の星野様。思いの丈を書くとそれだけで一冊書けてしまうので省略しますが、小さなことから大きなことまで面倒を見ていただきました。ありがとうございます。

ぽんかん⑧様。非常に可愛く素敵なイラスト、挫けそうになるたびに力をもらいました。お願いして良かったと心から思います。ありがとうございます。

面識がないにもかかわらず、帯コメントをくださった平坂読様。不安と心配でぶっ潰れそうなとき、平坂さんのコメントが勇気をくれました。ありがとうございます。

友人。会うたびにお金の話しかしないお前にはがっかりだよ！　近況とか喋れよ！

読者の皆様。皆様がいてくださるからこそ、作家・渡航は存在できます。皆様のお言葉ひとつひとつがぼくに活力を与えてくれます。本当にありがとうございます。

最後に、高校時代のぼく。君がつまらないと、くだらないと、そう吐き捨てたあの日の負け惜しみじみた言葉があったからこそ、この作品が生まれました。胸を張ってください。君の青春はまちがっていたけど、けれど、きっととても正しい。ありがとう。

さて、この物語。続くかどうかはアレ次第ですが、また皆様にお会いできると信じて次のプロットを練りながら、今回はこのあたりで筆を置かせていただきます。

二月某日　千葉県某所にて　一昔前の自分を懐かしみ、甘い甘いコーヒーを啜りつつ

渡航

GAGAGA

ガガガ文庫

やはり俺の青春ラブコメはまちがっている。

渡 航

発行　2020年4月22日　初版第1刷発行

発行人　立川義剛

編集人　星野博規

編集　星野博規

発行所　株式会社小学館
〒101-8001 東京都千代田区一ツ橋2-3-1
[編集]03-3230-9343　[販売]03-5281-3556

カバー印刷　株式会社美松堂

印刷・製本　図書印刷株式会社

Printed in Japan ISBN978-4-09-451851-1